KB207121

우리의 오늘

함께 들으면 좋은 OST

< 성시경 - 너의 모든 순간 >

"안녕하세요." _____

저는 _____

제 첫사랑,
모델 이혜주의 남편이자 ＿＿＿

사랑스러운 딸
이수의 아빠입니다. _____

그렇게 우리는 _____

오늘도
함께하는 중입니다. _____

비하인드 _____

"안녕하세요." _____

저는 '모델 이혜주'의 남편이자 '다섯 살 딸 이수'의 아빠, 모델 그리고 좋은 배우가 되기 위해 노력 중인 최민수입니다. 항상 사진이나 영상으로 찾아뵙다가 이렇게 글로 만나게 되니 신기하면서도 감회가 새롭네요.

본문을 읽으시는 데 도움이 되기 위해 이 글을 쓰게 되었습니다. 저는 자랑스러운 대한민국 육군 중사 출신입니다. 스무 살에 입대하고 스물다섯 살이 되던 해인 2013년에 전역했습니다. 혹시 <케로로 중사>라는 만화를 아시나요? 제가 중사 출신이라 우리 가족 별칭이 케로로 댁이에요. 하하.

저는 중학교 3학년 때 드라마 <발리에서 생긴 일>을 보고 처음 배우가 되고 싶다는 생각했습니다. 그런 저에게 아버지는 테스트를 하나 주셨어요. "노래 한 곡 해봐라." 당시 엄청난 인기를 끌었던 버즈의 <겁쟁이>를 난생처음, 부모님 앞에서 불러드렸습니다. 노래가 끝나자 "절대 안 된다."라는 답변이 돌아왔습니다.

그렇게 대학생이 되었고 처음에 컴퓨터공학과로 진학하게 되었습니다. 하지만 배우가 되고 싶다는 생각에 변함은 없었고 그런 저에게 아버지는 또 다른 제안을 하셨습니다. "부사관으로 입대해서 돈을 벌면 그때 네가 하고 싶은 거 해봐라." 참고로 부사관의 임기는 4년, 훈련 생활까지 포함하면 4년 4개월의 시간입니다. 너무 기쁜 나머지 스무 살의 12월 8일, 바로 입대를 하게 되었습니다. 여러분, 두 손으로 자신의 두 눈을 가려보세요. 뭐가 보이시나요? 그게 바로 저의 군 생활이었습니다.

정말 끝이 어딘지 보이지 않는 기나긴 군 생활이었습니다. 그렇게 4년의 시간이 흐르고 저는 연극영화과에 들어가기 위해 군대에서 수능을 한 번 더 준비했습니다. 하지만 공부는 역시 제 적성이 아니었는지 모든 연극영화과에서 불합격 통지를 받았습니다. 그 당시 드라마 <학교2013>가 인기리에 방영하고 있었습니다. 그리고 김우빈, 이종석이라는 배우가 모델 출신이라는 걸 알게 되었습니다. '아, 나도 모델로 시작해보자'라는 생각으로 모델과에 지원하고 휴가를 나와 면접을 봤습니다. 운 좋게도 저는 덜컥 합격을 해버렸습니다.

그렇게 전역 후 모델학과에 다니며 배운 것을 바탕으로 모델 일을 시작하게 되었습니다. 이 직업을 선택한 후 1년 6개월 정도의 시간이 흘렀을 때 지금 저의 아내인 모델 이혜주를 만났습니다. 생각해보니 제가 모델을 안 했으면 그녀를 만나지 못했을 거라는 생각이 드네요.

아무튼 그렇게 지금의 아내를 만나 결혼했고 사랑스러운 딸 이수를 만났습니다. 제 이야기를 보시는 분들이 입가에 살짝 미소를 띤 채 가볍게 읽으며 우리의 행복감을 조금이라도 느끼실 수 있었으면 좋겠습니다.

저는

첫 만남

스물여섯의 어느 날, 토요일 밤에 브랜드 행사가 있어서 참여하고 있었다. 행사 뒤풀이가 늦어지고 새벽 4시쯤 됐을 때 같은 회사 형한테 잠깐 얼굴 좀 보자는 연락이 왔다. 너무 피곤했던 터라 집에 가려다가 잠깐 인사만 하고 가야지 하는 마음으로 형이 있는 곳으로 갔다.

가로수 길에 있는 한 술집. 들어서자마자 나를 보고 환하게 웃어주는 한 누나가 있었다. 순간 웃는 게 정말 예뻐서 첫눈에 반한다는 말이 이런 느낌인가 하는 기분이 들었다. 그렇게 나는 그 자리를 떠나지 못하고 해가 뜨기 직전까지 함께 얘기를 나눴다. 술집에서 나왔을 때는 비가 추적추적 내리고 있었다. 나는 급히 편의점에 뛰어가서 우산을 사 왔다. 그리고 누나와 함께 우산을 나눠 쓰고 택시 앞에서 배웅한 후에 기억을 잃었다.

다음 날, 일요일 오전 10시쯤 눈 떴을 때 메시지가 하나 와 있었다. 아직 술이 덜 깨 머리가 깨질 듯이 아프고 눈조차 제대로 뜨지 못했지만 아직도 선명하게 기억나는 문장이다. 누나가 처음으로 나에게 보낸 메시지.

"오늘 반가웠어!
누나가 다음에 맛있는 거 사줄게."

'다음'이라는 말에 기분이 좋았다.
망설임 없이 바로 답장했다.

2014. 08. 02

"누나, 오늘 뭐 하세요?"

고백

계속 '이혜주'라는 사람만 생각났다. 그냥 너무 좋았다. 오늘도 보고 싶은 마음에 만나자고 연락했지만 누나는 쇼핑몰 대표로 일하고 있었기 때문에 당장 만날 수 없었다. 대신 퇴근 후에 강남역에서 만나 같이 저녁을 먹고 좌식 카페에 가서 시간 가는 줄 모르고 얘기를 나눴다.

호구조사부터 교회, 꿈 등 많은 대화가 오갔다. 사귀는 사이는 아니지만 서로 보고만 있어도 웃음이 났다. 너무 웃어서 광대가 찢어질 듯이 아팠는데 말만 안 했지 우리는 누가 봐도 연인이었다. 카페에서 뜬금없이 손금을 봐준다면서 손도 잡아보고…… '사랑' 앞에 점점 유치해져 가는 나를 발견했다.

어느덧 시간은 밤 10시를 향하고 이제 헤어지기 위해 누나를 버스 정류장에 데려다주는 길이었다. 이상하게 오늘 헤어지면 이 사람을 놓칠 것 같았다. 잠시 머뭇머뭇하다 이렇게 말했다.

"누나, 저랑 사귀어주세요."

2014.08.04

눈치가 빠른 누나는 이미 내가 말할 것을 알고 있었다는 듯 박장대소하며 웃었다. 그 웃음에 나는 조금 민망해했다. 그러자 누나는 더 크게 웃었다. 그러더니 대답 대신 따뜻한 손으로 내 손을 잡아주었다. 그렇게 우리의 연애가 시작되었다.

'오늘은 우리의 1일이다.'

남자친구

한 여자의 남자친구가 된다는 게 이토록 큰 책임감을 수반하는 것인지 누나를 만나기 전까지 알지 못했다. 스물여섯 인생을 통틀어 '내가 이 여자를 지켜줘야 한다'라는 생각이 처음 들었다. 항상 누나를 집 앞에 데려다주고 와야 마음이 편했고, 밥을 잘 먹고 다니는지 반드시 확인해야 했고, 무엇을 하고 있는지 물어봐야 속이 풀렸다. 문득 내가 너무 집착하는 건 아닐까? 라는 생각에 누나에게 물어봤더니 "나도 그러잖아."라는 답변이 돌아왔다. 맞다. 누나 역시 언제나 나에게 뭐 하는지 물어보고, 밥은 먹었는지 확인했다.

나는 항상 자신감이 있었다. 내 여자친구를 누군가에게 보여줄 자신감. 촬영하러 가면 꼭 여자친구가 있는지에 대한 질문을 받는다. 그럴 때마다 자신 있게 핸드폰을 꺼내 들었다. 그렇게 누나 사진을 자랑하면 모두들 입을 모아 말했다. **"너무 예쁘다."**

2014. 08. 20

요즘 다른 생각이 머릿속에 들어올 틈이 없다. 일 외에는 온통 머릿속에 누나로만 가득 차 있다.

오늘은 누나와 어디서 만날까?
누나랑 뭘 먹을까?

아, 내일은 또 뭐 하고 놀까?

2014. 08. 20

비공개
연애

    거의 매일같이 만났다. 촬영이 없는 날이면 무조건 누나 회사에 가서 퇴근하기만을 기다렸다. 누나가 퇴근하면 같이 밥 먹고 카페 가고 집에 데려다주는 게 항상 나의 정해진 일과였다. 단순했지만 질리지 않았다. 매일매일 새롭고 즐거웠다.

    우리는 '비공개 연애'를 했다. SNS에 친한 누나, 동생처럼 사진을 찍어 올렸다. 사실 누가 봐도 사귀는 사이였는데 우리는 비공개라며 좋아했다.

    유치하다. 그런데⋯⋯

참 귀엽다, 우리.

2014. 08. 28

아이 엠
그루트

오늘 처음 영화관 데이트를 했다. <가디언즈 오브 갤럭시>를 봤는데 둘 다 마블 영화를 좋아하던 터라 정말 재밌게 봤다. 우리는 영화관을 나와 바로 카페에 갔다. 서로 영화에 대한 감상을 펼치느라 열변을 토하다 갑자기 누나가 그루트 성대모사를 보여줬다. 그루트가 유일하게 하는 대사를 계속 따라 하며 똑같지 않으냐고. 그런 누나가 귀여웠다. 그때부터 우리는 만나면 시도 때도 없이 말하고 다녔다.

"아이 엠 그루트, 아이 엠 그루트."

2014.09.04

100일

드디어 우리가 만난 지 100일이 됐다. 처음 맞이하는 기념일이라 뭘 해야 할지 도저히 모르겠더라. 한참을 고민하다 마침 좋은 생각이 떠올랐다. 롯데월드에 갔다가 집에 오는 길에 이벤트 해주기. 두 달 전부터 노래학원에 다니면서 연습하던 노래가 있다. 성시경의 <너의 모든 순간>. 노래학원에서 라이브로 직접 녹음한 파일을 휴대폰에 담아왔다. 과연 성공할 수 있을까?

우선 우리는 롯데월드에서 놀이기구도 타고 기념품점도 들리고 열심히 걸어 다니면서 재밌게 놀았다. 생각지도 못한 선물도 받았는데 누나가 직접 만든 볶음밥에 케첩으로 '100일'이라고 쓴 도시락을 싸 온 것이다! 내가 먹어본 볶음밥 중에 제일 맛있었다. 말 그대로 인생 볶음밥이었다.

어느덧 밤하늘에 달이 떠오르고, 달빛이 비치는 거리를 함께 걸으며 집에 데려다주고 있었다. 기회를

엿보던 찰나, 화장실에 가고 싶다는 핑계로 누나 집 앞에 있는 공원에 잠시 앉아 기다려달라고 말했다. 나는 휴대폰을 꺼내 노래 한 곡만 듣자고 한 후 누나 귀에 이어폰을 꽂아줬다. 그리고 바로 자리를 피했다. 누나 귓속으로 <너의 모든 순간>을 부른 내 목소리가 퍼지고, 나는 그 모습을 멀리서 설레는 마음으로 지켜봤다.

내가 처음 고백했을 때 표정처럼 누나가 해맑게 웃었다. 나는 흐뭇하게 자리로 돌아왔다. 그렇게 우리는 함께 100일을 보냈다. 자리로 돌아왔을 때 누나가 나에게 물었다.

2014. 11. 11

"이거 연습 얼마나 한 거야?"

스물여섯의
첫사랑

어쩌면 늦은 걸지도 모르지만, 나는 스물여섯에 첫사랑을 만났다. 만난 지 100일이 지나서야 누나가, 이혜주라는 여자가 내 첫사랑이라는 걸 깨달았다. 전에 느껴보지 못했던 사랑에 대한 느낌과 감정들, 처음으로 '아, 이런 게 진짜 사랑이구나'라는 걸 느꼈다.

처음에는 마냥 좋아서 만났지만 이제는 이런 감정들을 소중히 생각하며 누나와 아낌없이 시간을 쓰고 있다. 예전에는 드라마를 볼 때 연출된 상황이나 감정들이 과장되고 비현실적이라 여겼다. 이제는 그 상황과 감정들을 직접 마주하고 경험하고 있는 내가 너무나도 신기하다. 누나를 위해 해줄 수 있는 게 무엇인지 끊임없이 생각하고, 매일 만나지 않으면 안 될 것 같고, 연락을 주고받으며 미친놈처럼 미소 짓는다. 나는 이제야 진짜 사랑을 하고 있다.

2014. 11. 20

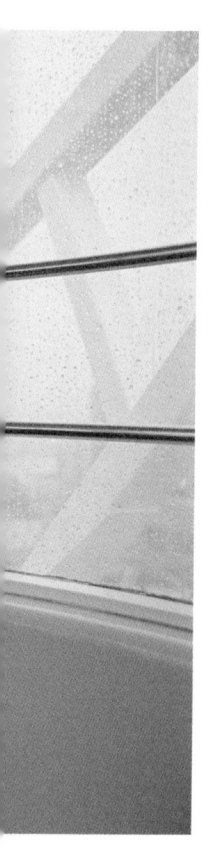

"이런 감정들을 느끼게 해준 누나,
정말 고마워."

우리는 결혼하기로
했다

새해가 밝았다. 누나는 스물여덟, 나는 스물일곱이 됐다. 우리 부모님 세대에는 결혼하기에 많은 나이였고, 지금은 조금 이른 나이일 수 있다. 그런 애매한 나이에 우리는 결혼하기로 했다.

2015 . 01 . 08

누나만
믿어

우리는 연애할 때도 매일 만났지만 요즘 함께 보내는 시간이 부쩍 길어졌다. 아직 군대에서 전역한 지 2년도 채 되지 않은 사회 초년생인 내가 결혼 준비를 하려니 막막하기만 했다. 더군다나 주변에 조언을 구할 곳이 거의 없었다. 친구들이나 소속된 회사에 물어봐도 하지 말라는 얘기뿐이었다. 주변에 누구 하나 진심으로 응원해주는 사람이 없어서 외로웠다. 외딴섬에 혼자 떨어진 느낌이었다.

그럴 때마다 누나가 힘이 됐다. 누나는 만날 때마다 어떤 것에 대해 고민해야 할지를 정해왔다. 그런 모습을 보며 또다시 반해버렸다. 반하지 않고 어찌 견딜 수 있을까. 비록 한 살 차이지만 누나는 어른 같고 나는 애 같았다. 누나만 있으면 외딴섬에 버려져도 살아갈 자신이 생겼다.

2015. 01. 30

'나는 누나만 믿고 따라가면
뭐든지 할 수 있어'

결혼 계획

　본격적으로 결혼 준비를 시작하니 눈앞이 캄캄했다. 나는 우리 둘의 의지만 있으면 결혼이 '뚝딱' 될 줄 알았다. 하지만 결혼은 개인의 문제가 아닌, 가족과 가족이 만나는 것이었다. 어떤 결정을 할 때 가족의 의견을 물어봐야 했고 마음대로 할 수 없었다. 가장 기본적인 보금자리 마련부터 웨딩촬영, 상견례 등 신경 써야 하는 부분들이 예상치를 벗어났다. 그럴 때마다 항상 걸리는 게 금전적인 문제였다. 우리 둘 다 사회적으로 안정적인 직업을 가지고 있는 게 아니었고 모아놓은 자금조차 없었기 때문이다.

　시간이 날 때마다 만나 꼼꼼히 계획을 세웠다. 둘 다 모델이어서 웨딩촬영은 잘하고 싶은 마음이 컸다. 스드메(스튜디오, 드레스, 메이크업)는 플래너에게 맡기면 돈이 꽤 들기 때문에 이것만큼은 직접 하고 싶었다. 다행히 직업상 주변 사람들의 도움을 받을 수 있어서 어렵지 않게 계획을 세울 수 있었다.

웨딩촬영 고민이 끝나자 이번엔 상견례였다. 내가 상견례를 하다니…… 정말 믿기지 않는다. 상견례 때 무슨 얘기를 하고 어떻게 행동해야 할까. 생각만 해도 숨이 턱 막힌다.

결혼식 날짜와 위치도 결정해야 했다. 우리가 선택할 수 있는 날짜가 많이 없었기 때문에 별다른 이견 없이 쉽게 선정할 수 있었는데 문제는 위치였다. 어른들이 오시기 편한 곳으로 결정해야 해서 어느 곳으로 알아봐야 하는지 좀처럼 감이 오지 않았다.

마지막으로 신혼여행이 남았다. 우리는 휴양지를 좋아해서 휴양지 중에 선택하기로 했는데 배 속에 있는 아기와 누나의 건강을 위해서 비행시간은 길지 않아야 했다.

이렇게 우리는 차근차근 해결했다. 물론 앞으로 준비할 게 태산이지만…….

"서로 으쌰으쌰 하면서 파이팅하자!"

집의 크기가 중요해?
집의 위치가 중요해?

나는 집의 위치가, 누나는 집의 크기가 중요했다. 내 의견은 서로 맞벌이하면서 일이 겹치면 아기를 봐줄 사람이 필요할 테니 엄마(시대) 집 근처에서 지내면서 도움을 요청해야 한다는 것이었다. 반면에 누나는 같은 금액이면 파주에서 좋은 환경의 아파트에서 살 수 있다는 생각이었다.

아빠에게 차용증을 쓰고 빌린 1억 5천. 그 안에서 신중하게 집을 선택해야 했다. 우리는 매일 만나 상의했다. 그러면서 의견 충돌이 잦아 의도치 않게 자주 싸웠다. 고맙게도 누나가 먼저 마음을 열어줘서 사당역(시대 근처) 근처에 집을 이곳저곳 알아봤다. 막상 보니 크기와 시설 면에서 좋지 않았다.

사실 '파주에 가면 30평 정도의 아파트에 살 수 있는데……'라는 고민이 들기도 했다. 집을 보면 볼수록 나와 누나, 아이가 하루하루 즐겁게 살 수 있는 쾌적한 아파트로 가고 싶었지만 도저히 파주에서 살 자신이 없었다. 우리가 하는 일이 모델 일이라 거의 모든 일이 강남 쪽에서 진행된다. 파주에 살면서 왕복 두 시간 이상 되는 거리를 다닐 자신이 없었다.

도대체 어떻게 해야 현명한 결정일까?
집 결정하는 게 이렇게 어렵다니…….

상견례

　'상견례' 이 단어가 주는 엄청난 부담감이 있다. 그 어느 때보다 떨리는 날이었다. 머릿속에 계속 시뮬레이션을 돌려봐도 어떤 대화들이 오가고, 어떤 분위기가 형성될지 예측 불가였다. 우리뿐만 아니라 가족들도 마찬가지로 떨렸을 거라 생각한다. 우리는 어디서 상견례를 할지 고민하다 코스로 나오는 한식집을 선택했다. 호불호가 거의 없고 코스로 요리가 나와야 어느 정도 천천히 먹는 분위기에서 서로 많은 대화들을 할 수 있다고 판단했기 때문이다. 점심 식사로 예약하고 가족들을 초대했다.

　상견례 당일, 우리 가족이 먼저 도착해서 자리에 앉아 있었다. 누나와 나는 계속 메시지를 주고받으며 상황을 보고했다. 드디어 '도착 5분 전'이라는 메시지가 왔다. 나는 "마스코트 하러 나갈게."라고 보냈다. 갑자기 누나가 엄청 웃는 이모티콘을 쓰면서 "에스코트야 바보야!"라는 답장을 했다. 너무 긴장한 나머지 '마

스코트'와 '에스코트'도 구별 못하는 바보가 돼버린 것이다. 그렇게 미래의 친정 가족이 될 분들을 에스코트해서 방으로 안내해드렸다. 문을 여는 순간, 앞으로 평생 인연을 이어갈 두 가족이 만나게 됐다.

이후로는 기억이 잘 나지 않는다. 우선 내가 간단히 소개해드리고 나서 음식이 나왔다. 어떤 대화들이 오갔는지는 기억나지 않는다. 그저 그때 방 안의 공기가 매우 무거웠다는 것만 확실하게 기억한다. 그래도 우리의 상견례는 유쾌하게 잘 마무리됐다.

그렇게 무겁지만 유쾌한 상견례가 끝나 두 가족을 보내고 누나와 나는 남아서 좀 더 얘기하기로 했다. 카페에 들어서자마자 서로를 보고 동시에 말했다.

2015. 03. 14

"휴우······."

아기가 엄마를
닮았네요?

　　절대 잊지 못할 그날, 1월 8일 새해에 특별한 선물이 찾아왔다. 그 후로 우리는 병원에서 2주에 한 번씩 초음파 검사를 했다. 누나와 나는 아기가 잘 자라고 있는지 직접 눈으로 확인할 수 있었다.

　　처음에 초음파 검사를 할 때는 정말 신기했다. 손톱만큼 작은 생명체가 누나 배 속에서 움직이는 게 경이로웠다. 나도 저렇게 작을 때가 있었나. 언제 이렇게 자라 한 아이의 아빠가 될 준비를 하고 있는지 신기하다. 아기가 벌써 4개월을 넘어서면서 제법 많이 움직이기 시작했고 초음파를 봤을 때 활발한 움직임을 볼 수 있었다. 편한 자세를 잡으려고 하는 건지 아기가 이리저리 꿈틀거렸다.

　　전에 임신 4개월을 넘어서면 아들인지 딸인지 초음파를 통해 구별을 할 수 있다는 말을 들은 적이 있다. 누나는 아들이었으면, 나는 딸이었으면 좋겠다고 말했었다. 사실 성별이 무엇이든, 건강하게 세상에 나

2 0 1 5 . 0 4 . 2 2

오기만을 바라며 기도했다. 오늘도 어김없이 초음파를 하던 도중 갑자기 의사 선생님께서 말씀하셨다.

"아이가 엄마를 닮았네요."

나는 곧바로 질문했다. "아직 저렇게 작은 아이가 엄마를 닮았는지 어떻게 아세요?"라고. 의사 선생님 과 누나가 갑자기 웃었다. 이유를 물어봐도 계속 웃기 만 했다. 곰곰이 생각해보니 의사 선생님은 딸이라고 간접적으로 말씀해주신 거였다. 나는 엄청난 것을 깨 달은 마냥 "아!" 하면서 펄쩍 뛰었다. 상상 속에 그렸던 여자아이라니…… 집으로 돌아오는 길에 누나에게 말 했다. "내가 딸인 것 같다고 했지?"

첫째는 아빠를 닮는다는 말이 있던데,
딸이 나를 닮으면 어떡하지?

청혼

청혼 당일이 되자 무척이나 떨렸지만, 계획했던 대로 차근차근 움직이기 시작했다. 교회 친한 동생을 미리 섭외해 고속터미널에서 누나와 저녁 식사를 하게끔 했고, 그 시간에 나는 청담역에서 이벤트를 준비하고 있었다. 고속버스터미널에서 청담역까지는 지하철로 5정거장!

정거장마다 누나가 타고 있는 칸에 교회 친구들을 한 명씩 배치했다. 배치된 인원들은 마치 영화 <러브 액츄얼리>에 나오는 장면처럼 프러포즈 멘트가 적힌 스케치북 한 장과 꽃 한 송이를 들고 있었다. 이때까지는 이벤트 장소인 청담역에서 계획했던 대로 순조롭게 마무리될 것 같았다.

하지만 문제가 생기고 말았다. 부산 어느 매장에서 주문한 케로로 인형탈을 오후에 받을 계획이었는데, 청혼 시간이 임박해서야 인형탈이 도착해버린 것이다. 케로로댁이라 불리던 우리였기에 청혼은 꼭 인형탈을 쓰고 하고 싶다는 생각이 들었다. 급하게 오토바이를 빌려 집으로 향했다. 마음이 급해질수록 속도는 점점 올라갔고, 케로로 인형탈을 다리 사이에 끼워 발을 따로 둘 곳이 없자 오토바이는 비틀거렸다.

겨우 시간 맞춰 청담역에 도착했다. 그리고 고속버스터미널에서 누나가 출발했다. 상황은 누나와 같이 있던 교회 동생을 통해 계속 보고받았다. 10분 만에 누나가 청담역에 도착했다(10분이 그렇게 짧은 시간이라는 걸 처음 알게 되었다.). 교회 친구들과 함께 노래를 부르며 무릎을 꿇고 꽃다발을 건네고 반지를 끼워줬다. 누나는 처음엔 웃겨하는가 싶더니 결국 눈물을 흘렸다. 그나마 인형탈을 쓰고 있어서 다행이었지…… 그 모습에 나도 울컥해서 하마터면 눈물을 흘릴 뻔했다.

그렇게 청혼은 성공했다. 이벤트가 끝나고 교회 친구들과 청담역 경비아저씨에게 감사 인사를 건넨 후 누나를 집에 데려다주는 길이었다. 집에 가는 길에 대화를 나눴을 때, 누나는 이미 교회 동생과 저녁 먹을 때 눈치채서 모른 척하느라 힘들었다고 한다. 완전히 몰랐을 거라 생각해서 뭔가 아쉬웠지만 그래도 너무 행복해하는 누나 모습을 보니 이래도 좋고 저래도 좋고, 다 좋았다. 인생을 통틀어 가장 떨렸지만 행복한 날이었다.

2015. 04. 28

모른 척해준 누나에게
다시 한번 고마워진다.

제 첫사랑,
모델 이혜주의
남편이자

남에서 가족이
된다는 것

제2의 인생이 시작되는 결혼식 당일, 각자의 집에서 맞이하는 마지막 아침. 남에서 가족이 된다는 건 신기하기도, 두렵기도, 설레기도 한다. 여러 감정이 어지럽게 교차했다. 우리는 결혼식을 할 준비를 하고, 식을 치르고 바로 호텔로 돌아왔다. 호텔로 왔을 때 서로의 얼굴은 많이 지쳐있었다. 우리는 평생 웃을 양을 다 소모한 기분이라며 힘들어했다.

이제부터 같은 집에서 일어날 수 있다는 점이, 부모님으로부터 완전한 독립을 했다는 점이 행복하고 좋았다. 한편으로 경제적인 문제가 두려웠지만, 이 생각은 파도에 휩쓸려 지워지는 모래사장 위 글씨처럼 휙 사라졌다.

우리의 신혼여행지,
발리의 바닷가가 기다리고 있었으므로.

2015. 05. 02

그놈의 땀이
문제야

드디어 우리가 원하던 발리에 왔다. 우리는 대부분 호텔에서 지내며 앞에 있는 바다에 잠깐 가거나 수영장에서 수영하며 쉬고 있었다. 이틀을 그렇게 보내다 보니 문득 발리 시내가 궁금해져 직접 구경하기로 하고 서둘러 준비했다. 우리는 인터넷으로 충분히 찾아본 후 택시에 탔다.

그러나 황당하게도 바로 시내에 가지 못했다. 나는 목적지를 잘 말했다고 생각했는데 기사님이 이상한 곳에 우리를 내려주고 떠나버린 것이다. 우리는 그렇게 다시 택시를 잡기 위해 한참을 걸어야만 했다. 아내에게 미안했지만 도리어 나 자신에게 너무 화나고 더운 나머지 그 화를 아내에게 표출하고 있었다. 나도 모르게 계속 신경질적인 말투로 대답하면서 어느새 아내를 뒤에 두고 땀을 뻘뻘 흘리면서 성큼성큼 앞에서 걷고 있는 나를 발견했다.

누구보다 아내를 챙겨야 하는 내가 아내를 뒤에

2 0 1 5 . 0 5 . 0 9

버려두고 제 분을 못 이겨 빠르게 걷고 있었던 것이다. 누가 봐도 '다혈질적인 바보 남편'의 모습이었다. 시내에 무사히 도착하고 그제야 아내에게 미안하다고 말했다. 그러자 아내는 딱 한마디 했다.

**"너랑 다시는 더운 나라에
안 올 거야."**

"배가 터도 괜찮아, 지금 너무너무 좋아."

내 직업이 하나 생겼다,
마사지사

　　여자는 위대하다. 특히 엄마들. 매일 배 속의 소중한 생명을 끌어안고 하루하루를 버티면서 살아가고 있는 아내를 볼 때마다 드는 생각이다. 그런 아내를 위해 내가 해줄 수 있는 게 뭐가 있을까 고민하다 인터넷에서 마사지 크림을 하나 구매했다.

　　아이가 자라면서 배가 점점 차오르면 살이 많이 튼다고 한다. 지금부터 열심히 마사지 크림을 발라주면 안 틀까 하는 마음에 열심히 아내 배를 마사지했는데 그럴 때마다 배를 까고 누워있는 아내의 모습이 기특하기도 하고 정말 귀여웠다. 하지만 마사지 크림을 아무리 많이 바르고, 마사지를 아무리 많이 해도 커지는 배에 살이 트는 것을 막기는 힘들었다. 그래도 아내는 내가 해주는 마사지를 좋아해줬다.

세상에서 가장 맛있는
어묵탕

우리는 주로 장모님이 해주신 반찬으로 밥을 먹었다. 나는 그저 아내가 요리에 소질이 없어서 안 하는 줄 알고 그러려니 했다.

오늘은 아침 일찍 촬영 나가는 날이었다. 새벽에 자다가 어릴 때 자주 듣던 소리가 들려왔다. 바로 무 써는 소리와 칼이 도마에 부딪히는 소리였다. 처음엔 잘못 들었나 싶어 다시 자려고 뒤척였는데 옆에 아내가 없었다. 눈을 비비며 나가보니 부엌에서 아내가 열심히 무를 썰고 있었다.

"여보 뭐해?" 처음 보는 광경에 믿기지 않았다. 아내의 '깼어? 좀 더 자고 있어 봐'라는 눈빛에 나는 아무 말 없이 다시 방에 들어가 침대에 누워있었다. 한참 후에 TV 소리가 나서 밖으로 나갔더니 아내가 말했다. "아침 먹고 가." 아내가 차려준 밥상에는 따뜻한 밥과 어묵탕, 그리고 장모님의 김치가 있었다.

김이 모락모락 나는 어묵탕이 정말 맛있어 보였

다. 평소에 아침을 잘 챙겨 먹지 않는데 보는 순간 식욕이 훅 올라왔다. 믿기지 않는 상황이었지만 나는 "잘 먹겠습니다!" 크게 외치며 어묵탕을 먹었다. 한 숟갈 먹는 순간, 나는 감탄을 금치 못했다. 정말 맛있었다. 재료 하나하나가 입안에서 살아 움직이는 느낌이었다. 이제껏 먹어봤던 어묵탕 중에 제일 맛있었다. 그리고 생각했다. '이 여자, 요리를 못하는 게 아니라 안 하는 거구나'

새벽부터 만드느라 고생했을 아내에게 너무 고마웠다. 맛있다고, 고맙다고 말하고 싶었는데 아내가 거실에 없었다. 침실에 들어가 보니 어느새 아내는 잠들어있었다.

'고마워, 여보'

우리가 싸우는 이유

아내에게 별명을 하나 붙여줬다. 바로 '뱀'이다. 마치 뱀이 허물 벗듯 아내는 외출하고 집에 들어오거나 집에서 옷을 갈아입으면 그 자리에 허물을 벗어놓는다. 그럴 때마다 내가 대신·치우곤 했는데 오늘은 더 이상 못 참겠더라. 그래서 "제발 옷 좀 벗었으면 정리해!"라고 소리쳐버렸다. 그렇게 우리는 사소한 일로 싸웠고 아내는 그대로 집을 나가버렸다.

한밤에 집을 나간 아내가 걱정돼 계속 전화했지만 받지 않았다. 그렇게 30분쯤 흘렀을 때 처형한테 연락했다. "혹시 혜주 누나한테 연락오지 않았어요?" 알고 보니 아내는 친정으로 가는 중이었다. 배 속에 있는 아이와 친정으로 가고 있을 아내를 생각하니 참지 못하고 그런 말을 해버린 내가 너무 한심했다.

당장 차를 렌트해 친정으로 향했다. 아내가 가장 좋아하는 곱창을 사서 떨리는 마음으로 문을 열고 들어갔을 때 아내는 나를 보고 '칫' 하며 웃어주었다. 순간 떨리던 마음이 사르르 풀렸다. 처형과 셋이서 맛있게 곱창을 먹고 집으로 돌아오는 길은 정말 행복했다. 아내가 넌지시 말했다.

"와줘서 고맙다."

가끔은 싸워도 괜찮은 것 같다.
아, 심하게는 말고!

최민수의
꿈

　　자존감이 바닥을 치고 있다. 현재 한 달 수입은 카페 아르바이트로 버는 60만 원이 전부이고 매일 가계부를 쓰고 있지만 한 달에 적게 사용해도 150만 원을 넘기기 일쑤였다. 게다가 배 속의 '토리'(태명)는 한 달 뒤에 나올 준비를 하고 있었던 터라 출산 예정일이 다가올수록 마음은 점점 무거워졌다.

　　새벽 6시에 출근하고 오후 3시에 퇴근하고 돌아오면 만삭의 아내가 맞아주었다. 처음에는 집에 가면 나를 맞아주는 사람이 있다는 것만으로도 행복했다. 그러나 매일 똑같은 삶을 반복해서 살다 보니 언제까지 아르바이트하면서 내 가족을 먹여 살릴 수 있을지 의문이었다. 그런 고민이 쌓이고 쌓여 결국 '내 꿈을 접어야 하나'라는 생각에 아내에게 고민을 털어놓았다. 그러자 아내는 내가 매일매일, 24시간 고민하던 것을 한마디로 정리했다.

"내가 애 낳고 100일까지만 버텨,

돈은 내가 벌 테니까 여보는 하고 싶은 거 해."

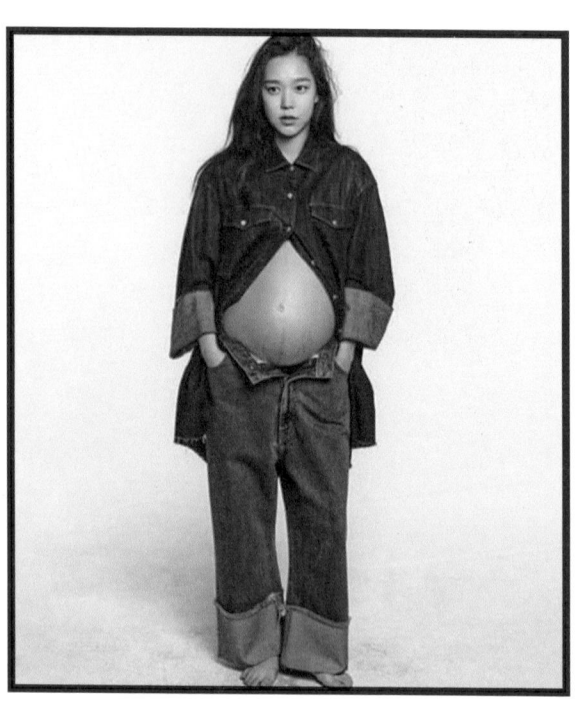

그럼에도
불구하고

드디어 한 달 후면 토리가 세상에 나온다. 우리는 여러 힘든 시간을 보내고 있지만 그럼에도 불구하고 토리를 맞이하기 위해 잘 버텨내고 있다. 토리가 태어나면 입을 옷을 넣어둘 작은 옷장과 아이가 잘 침대를 준비하고 가제 수건과 배냇저고리부터 당장에 필요하지 않은 유모차와 카시트도 미리 알아봤다.

토리가 나와 우리 집에 들어왔을 때의 상황들을 상상하면서 필요한 것들을 계속 사는 바람에 집에 발 디딜 틈이 없어졌다. 집 안을 토리 물건으로 하나씩 채워가면서 우리의 걱정도 하나씩 덜어냈다. 그리고 토리를 맞이할 준비가 어느 정도 되었을 때, 마지막으로 엄마 배 속에 있는 토리를 사진으로 남기고 싶은 마음에 친한 포토그래퍼 실장님께 부탁해 만삭 촬영을 했다.

이렇게 바쁘게 살다 보니 미래에 대한 두려움과 같은 걱정들을 떠올릴 틈이 없었다. 아무리 정신적으로나 육체적으로 힘들어도 한 달 뒤에 태어나 우리 곁으로 올 토리를 생각하면 저절로 몸이 움직여졌다.
나도, 내 아내도.

**남은 시간도
토리와의 첫 만남을 위해
열심히 움직여야지.**

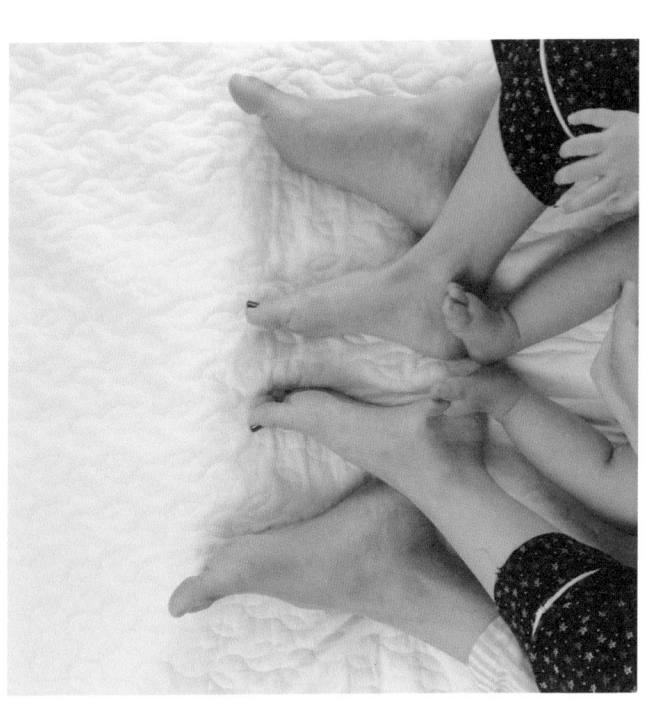

토리야……

    예정일보다 조금 더 늦게 나오게 된 토리. 엄마 배 속이 편해서 나오기 싫었던 걸까. 결국 날짜를 24일로 잡고 아침에 입원했다. 출산을 앞둔 아내는 설렘보다는 무서움이 크다고 말했다. 매우 긴장한 상태로 아침 10시에 병원에 도착한 아내는 유도분만 주사를 맞고 중간중간 진통을 이겨냈다. 그렇게 5시간이 흘렀다.

    그렇게 5시간이 흘렀을 때 드디어! 토리가 나오고 싶다는 신호를 보내는 것 같았다. 급하게 의사 선생님이 도착했고 "남편분은 나가 계세요."라는 말에 나와서 간절히 기도했다. 제발 건강하게 세상에 나오길. 몇 분이 지나지 않아 다시 들어오라는 말에 급하게 들어갔다. 아내는 의사 선생님의 신호에 맞춰 호흡 조절과 힘을 주고 있었다. 내가 해줄 수 있는 건 옆에서 "할 수 있어, 할 수 있어."라는 말뿐이었다.

    그렇게 세 번 힘을 줬을 때 토리의 우렁찬 울음소리가 들려왔다. 토리를 본 순간, 할 말을 잃었다. 어떤

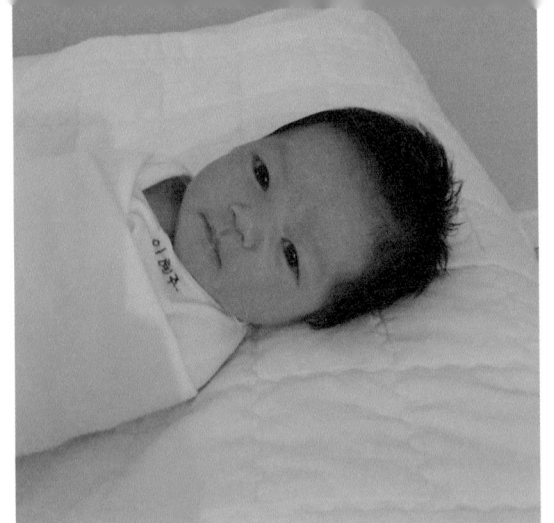

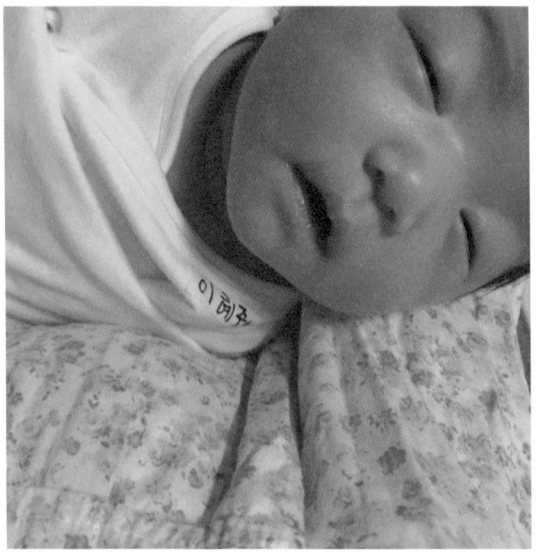

감정을 느낄 새도 없이 바로 목욕을 시켜줬다. 이제 막 세상에 나온 토리에게 물을 천천히 끼얹었다. 태명을 불러주면 좋은 영향을 끼친다는 말을 듣고 입을 열었지만 눈물이 왈칵 쏟아질 것 같았다.

겨우 "토리야…… 토리야……"라고

작게 부르며 조심스럽게 물을 끼얹어줬다. 목욕이 끝나자 토리는 바로 신생아실로 옮겨졌고 나는 아내를 보며 진심을 담아 말했다.

"너무 고생 많았어."

2 0 1 5 . 0 9 . 2 4

스물일곱 살의
아빠

정말 사람 일은 한 치 앞도 모른다는 말이 맞았다. 괜히 그런 말이 있는 게 아니었다. 내가 아빠가 되는 날이 이토록 금방 올 줄이야…… 상상조차 못 한 일이다. 언젠가 나도 사회에서 금전적으로 혹은 정신적으로 안전한 위치에 있을 때 결혼하겠지 하는 막연한 생각만 가지고 있었을 뿐이다.

20대 초·중반을 군대에서 보내고 사회에 나온 지 2년도 안 된 상황에서 아빠가 될 생각을 하니 두려웠다. 책임감이 주는 무게가 너무도 무거웠다. 그나마 가장 작은 두려움은 '과연 내가 아기 기저귀를 갈 수 있을까?'였다. 아니, 아기 기저귀를 가는 게 왜 이렇게 두려운지 모르겠다. 이런 두려움은 '목욕을 시킬 수 있을까?' '밥을 먹일 수 있을까?' 등의 사소한 두려움들로 번졌다.

그중에 제일 큰 두려움은 '내가 좋은 아빠가 될 수 있을까?'였다. 어떤 매체에서 어린이를 대상으로 조사

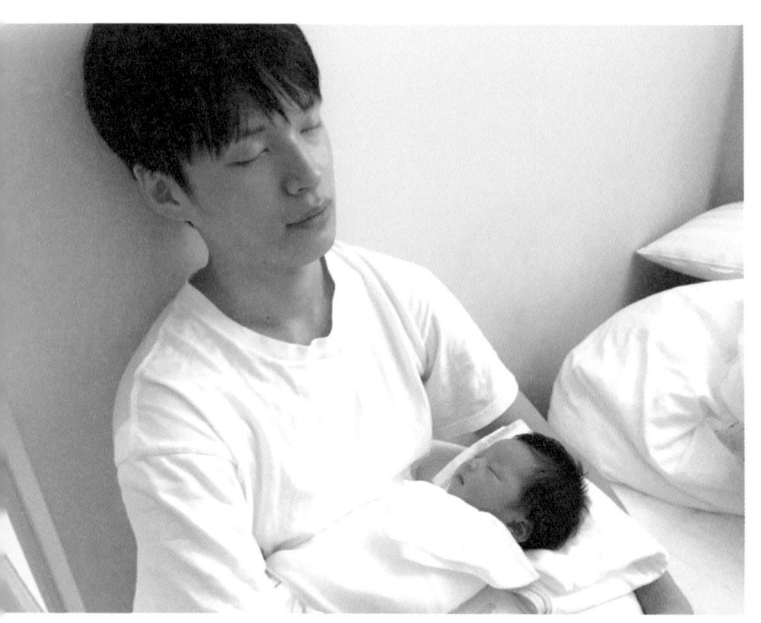

했는데 좋은 아빠란 돈이 많은 아빠라는 결과를 본 적이 있다. 이런 현실이 너무 슬프면서도 내가 이제 아빠가 된다는 생각에 심히 걱정됐다.

2015. 09. 27

나는 진짜
좋은 아빠가 될 수 있을까?

세상에서 제일
아름다운 미소

우리는 병원에서 산후조리원으로 이동했다. 그리고 2주간의 생활이 시작됐다. 조리원에서는 토리를 잠깐만 방에 데려와 볼 수 있었다. 조리원에 온 지 3일째 되는 날, 오늘도 토리를 데려와 경이로운 눈빛으로 안아 분유를 먹이고 있었다.

분유를 쪽쪽 빨던 토리가 갑자기 꼭지를 툭 뱉더니 할 말이 있다는 듯 눈을 좌우로 이리저리 움직였다. 그 모습을 가만히 바라보고 있는데 활짝 웃는 게 아닌가. 믿기지 않았다. 마치 '아빠, 엄마 사랑해요'라고 말 대신 미소로 신호를 보내는 것 같았다.

토리가 미소 짓는 순간, 우리는 행복하다 못해 너무 좋아 죽을 뻔했다. 세상에 천사가 내려와 웃는다면 이런 미소이지 않을까. 그렇게 태어난 지 5일 만에 토리는 우리에게 세상에서 제일 아름다운 미소를 선물해 줬다.

2015. 09. 28

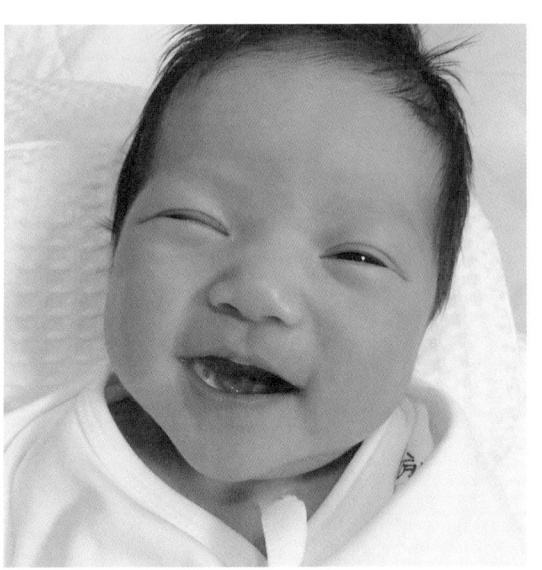

삼시 세끼
미역국

산후조리원은 내게 최고의 맛집이다. 여기가 산후 조리원인지 내 조리원인지 헷갈릴 정도다. 하루 삼시 세끼 미역국이 나왔는데 조개 미역국, 소고기미역국, 황태 미역국 등 종류가 다양했다. 토리 엄마는 미역국이 질려 남기기 일쑤라 자동으로 잔반 처리는 내 몫이었다.

그런 나를 보고 토리 엄마는 얄밉다는 듯 "너 다 처먹어라!"라고 말했다. 그래도 마냥 좋았다. 내가 미역국을 참 좋아한다는 걸 깨닫는 중이다.

내일은 또 어떤 미역국이 나올까?

2015. 09. 30

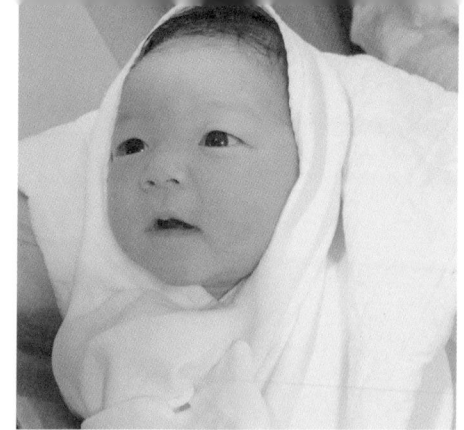

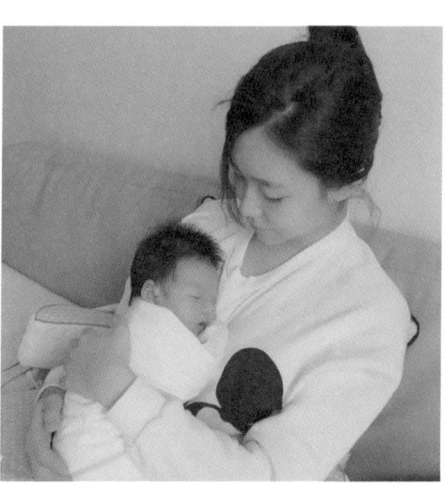

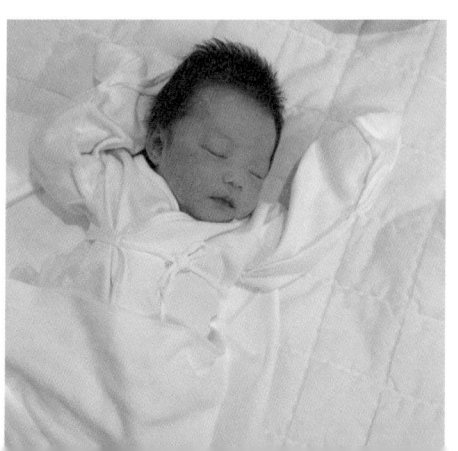

이제부턴
실전이다

태어난 지 2주가 넘어서야 토리가 우리에게 왔다. 이제부터는 진짜 실전인 셈이다. 우리는 아니, 나는 정말 걱정이 많았다.

첫 번째 걱정은 토리 기저귀 갈기. '기저귀 갈다가 토리가 울면 어떡하지?' '자꾸 뒤척여서 기저귀를 못 갈면 어떡하지?' 등의 걱정에 불안했다. 두 번째 걱정은 토리 목욕해주기. 산후조리원에서 따로 교육 듣기도 했지만 거기서는 옆에 도와주는 분이 계셔서 안심이었다. 하지만 이제 처음부터 끝까지 도와주는 사람 없이 우리가 해내야 한다. '목욕하다가 실수로 토리 눈, 코, 입에 물이라도 들어가면 어떡하지?' '아기는 10분 안에 목욕을 끝내야 한다는데 오래 걸리면 어떡하지?' 등의 걱정에 혼란스러웠다. 세 번째 걱정은 토리 재우기였다. '갑자기 바뀐 잠자리에 토리가 제대로 못 자면 어떡하지?' '혹여나 자다가 침대에서 떨어지면 어떡하지?' 등의 걱정에 한숨이 늘었다.

이런저런 이유들로 걱정되는 게 정말 많았다. 우리는 집으로 향하는 차 안에서 계속 서로에게 말하며 굳세게 다짐했다.

"우리, 잘 할 수 있을 거야!"

내 이름은
이수예요

　아직 이름을 짓지 못해서 태어나고 한 달이나 지났는데 여전히 태명 그대로 토리라고 불렀다. 어떤 이름으로 해야 좋을까? 놀림 받지 않을 이름은 뭘까? 온갖 생각들로 너무 신중해지는 바람에 쉽사리 결정하기 어려웠다.

　우리는 매일 토리에게 어떤 이름을 지어줄지 얘기했다. 후보 중에는 '시온'과 '사랑'이 있었다. 시온은 성경에 나오는 단어이고, 사랑은 사랑이 가득한 아이가 되길 바라는 마음에 후보에 올려놨다. 고민 끝에 두 이름은 안 하기로 결정했다. 시온은 종교적인 느낌이 강해서, 사랑은 너무 흔하다는 이유로…….

　그러다 우연히 <뷰티 인사이드>라는 영화를 봤다. 그 영화의 여자 주인공 이름이 홍이수였다. 우리 둘 다 '이수'가 중성적이면서도 예쁜 이름이라는 것에 동의했다. 더 나아가 이름에 뜻이 있어야 한다는 생각에 우리는 뜻을 붙여주기로 했다. 물론, 우리가 원하는 대

로. 먼저 '최'는 아빠의 성, '이'는 엄마의 성을 가져왔다. 대망의 '수'는 빼어날 수를 써서 아빠, 엄마의 좋은 점만 닮으라는 의미로 지어줬다.

그렇게 토리의 이름은 결정됐다.
'최이수'

2015. 10. 20

육아 전쟁

우리 집은 그야말로 육아 전쟁터다. 육아에 전쟁이라는 표현을 쓰고 싶지 않지만 그만큼 힘들다. 누구나 겪는 힘듦이지만, 처음에는 누구나 힘들다. 우리도 마찬가지다.

내 일과는 똑같다. 아침 6시에 카페로 출근해서 오후 3시 퇴근. 집에 오면 바로 분유 타서 먹이거나 토리를 안고 집 안 곳곳을 돌아다닌다. 저녁이 되면 목욕시키고 놀아주다가 재운다. 여기서 끝이 아니다. 새벽에도 토리는 자다가 깨고 다시 잠들기를 반복했다. 아침 6시에 출근해야 하는 나는 피곤이 말도 안 되게 쌓였다. 오히려 출근해서 카페에 있는 게 더 편할 정도였다.

하지만 매일 반복적이고 피곤한 삶을 살면서도 우리는 행복하다. 토리가 한 번 웃어주면 쌓였던 피로가 저 멀리 후퇴해버렸으므로. 아빠, 엄마가 하루하루 살아갈 힘은 아기로부터 받는다는 말을 절실히 느끼는 중이다.

얼른 토리가 커서
함께 여행가는 날이 왔으면.

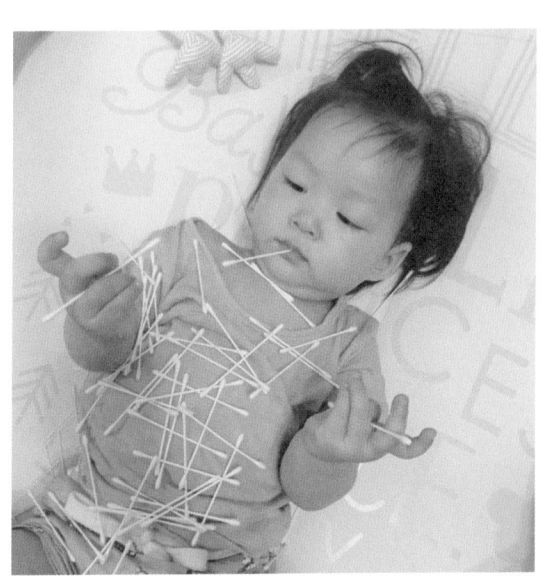

짝퉁 지갑

곧 이수 엄마 생일이라 무슨 선물을 해주면 좋을까 고민하던 중에 이수 엄마가 "지갑이 많이 닳아서 바꿔야겠어."라고 말했다. 이수 엄마와 꽤 오랜 시간을 보낸 지갑은 이곳저곳 헤져서 닳아있었다. 그래서 올해 생일 선물은 지갑으로 정했다.

막상 알아보니 이수 엄마가 원하는 지갑의 가격은 꽤 비쌌다. 당장이라도 매장에 달려가 지갑을 가져오고 싶었지만 현실은 그러지 못했다. 금전적인 문제로 계속 사야 할지 말아야 할지 고민됐다. 야속하게도 어느새 성큼 생일이 다가왔다. 그러던 어느 날, 이수 엄마에게 쇼핑몰 사이트 링크가 담긴 메시지가 날라 왔다.

바로 짝퉁 지갑 사이트였다. "여보, 나는 이번 생일에 이거 사줘."라는 문장과 함께. 고마웠다. 이런 여자와 사는 난 정말 복 받은 사람이라는 걸 다시 한번 느꼈다. 그렇게 난 미안하면서도 고마운 마음으로 이수 엄마 생일에 짝퉁 지갑을 선물했다.

2015. 12. 30

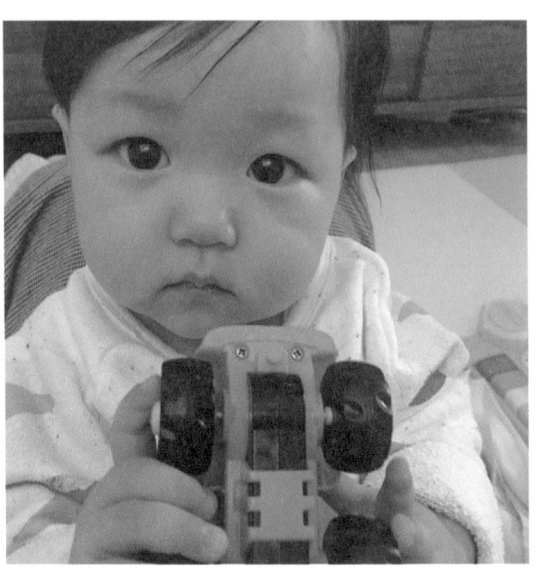

닭똥 같은
눈물

토리는 음악 듣는 걸 좋아하는 감수성이 정말 풍부한 아기다. 아직 태어난 지 얼마 되지 않은 아기가 어떻게 그럴 수 있는지 참 신기하다.

오늘도 우리는 집에서 신나는 동요를 들으며 하루를 보내고 있었다. 그러다 누구나 들어봤을 동요가 흘러나왔다. "꼬부랑 할머니가 꼬부랑 고갯길을 꼬부랑, 꼬부랑 넘어가고 있네." 이 노래 제목은 <꼬부랑 할머니>. 이 노래가 나오기 전까지 토리는 신나있었다. 그런데 갑자기 이 노래가 들리자마자 행동을 멈췄다. 그런 토리를 가만히 지켜보니 노래를 듣고 있는 토리의 얼굴에 미세한 감정 변화가 느껴졌다.

그러다 노래가 끝날 때쯤 닭똥 같은 눈물을 한 방울 '뚝' 흘리는 게 아닌가.

그 모습이 우리에게 너무나도 감동적이고 신기한
순간이었다. 아직 한글도 모르는 아기가 어떻게 노래
를 느끼고 눈물을 흘렸는지…… 토리와 함께 우리도
덩달아 울컥했다.

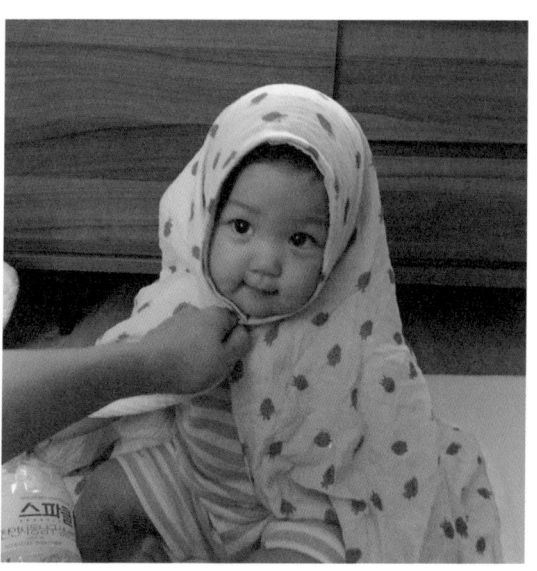

엄마, 100만 원만

우리 집에 사는 두 여자는 침대에 누워 쌔근쌔근 자고 있었다. 내일은 우리 가족이 사용하는 신용카드 출금일. 내 통장 잔고는 80만 원 정도 남아있었는데 출금될 돈은 150만 원 정도였다. 물론 한 번 정도 연체될 수 있다. 하지만 그렇게 되면 다음이, 또 그다음 달이 걱정됐다. 결국 고민 끝에 죄송한 마음을 잠시 뒤로하고 늦은 시간, 엄마께 연락드렸다.

"엄마 제가 금방 갚을 테니 100만 원만 빌려주실 수 있나요?" 이렇게 보낸 지 30분쯤 지났을까. 엄마는 이유도 묻지 않으시고 계좌 번호를 알려달라고 하셨다.

**엄마, 다음 달에 꼭 갚을게요.
감사합니다.**

2016 . 02 . 04

사랑스러운
딸 이수의
아빠입니다.

아빠도 아빠가
처음이야

아빠도 아빠가 처음이라서 많이 서툴고 어색해. 어디 가서 아빠 소리 듣는 게 이상할 때가 많아. 아직 어색한가 봐. 그리고 처음 목표로 했던 좋은 아빠가 되는 게 어찌나 힘든지. 그래서일까. 우울할 때도 더러 있어. 그래도 토리와 여보가 있어서 계속 살아갈 수 있고, 앞으로도 그럴 거야. 우리 가족에게 좋은 아빠와 남편이 될 수 있도록 열심히 노력할게.

사랑해, 여보……
그리고 내 딸 토리야.

2016. 02. 20

준비된
사람

하루 24시간, 잠도 잘 안 오고 앞으로 어떻게 살아가야 할지 막막하기만 하다. 심지어 흰머리가 자라는 소리가 들리는 것만 같았다.

나는 준비된 사람이 아니다. 아빠로서, 남편으로서. 아니, 과거로 돌아가서 지금의 아내와 연애하고 있는 중이라 할지라도 준비할 수 없을 것 같다. 그런 내가 누나와 결혼해 토리 아빠가 됐다는 게 아무리 생각해도 믿기지 않았다.

그러다 <유스>라는 영화를 봤다. 그 영화에서 꼬마 여자아이가 할아버지한테 이런 말을 한다.

"뭘 하든지 준비된 사람은 없어요."

그 대사 한 줄이 내 머리를 굉장히 세게 쾅! 후려쳤다.

2016. 03. 18

도대체 나는 그동안 무엇을 그토록
두려워했던 걸까?

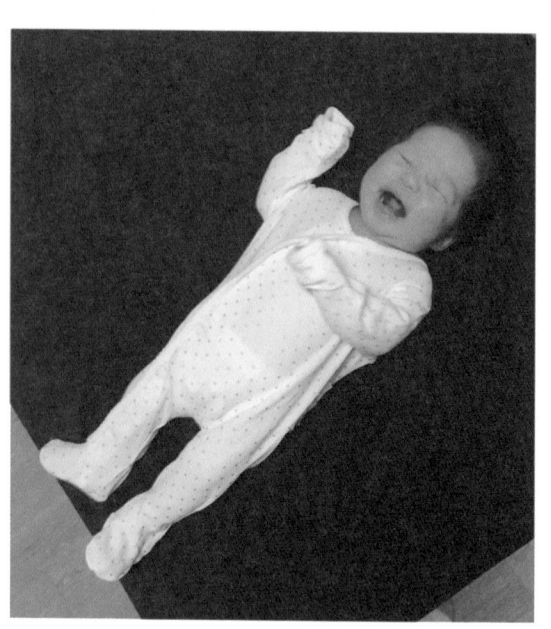

손톱자국

엄마만 찾는 토리는 요즘 "엄마, 엄마." 하며 제법 또렷하게 의사 표현을 한다. 배가 고플 때도 엄마, 기저귀를 갈아달라고 할 때도 엄마, 잠이 들 때도 엄마. 나는 그런 토리에게 서운했다.

왜 나에게는 "아빠, 아빠." 하며 불러주지 않을까.

오늘은 엄마가 촬영 때문에 집을 비워 나 혼자 토리를 보게 됐다. 엄마의 빈자리를 채우지 못하고 있는 걸까? 토리는 하루 종일 엄마만 찾았다. 밥도 잘 안 먹고 좀처럼 가만히 있질 못했다. 나는 그런 토리 때문에 점점 힘이 들었고 아내가 올 시간만을 기다렸다.

그때 갑자기 토리가 엄마를 외치며 울기 시작했다. 안고 흔들어 줘보기도 하고 장난감을 가지고 놀아주기도 했지만 토리는 울음을 그치지 않았다. 알고 보니 기저귀에 문제가 있었다. 토리는 기저귀가 가득 찼

으니 갈아달라는 신호를 보내고 있었던 것이다. 나는 한참 후에야 눈치채고 기저귀를 갈아주는데 토리가 계속 엄마를 부르며 발버둥 쳤다. 그러자 나도 모르게 토리의 발바닥을 손톱으로 꾸욱 눌러버렸다. 한참 울다가 잠든 토리의 발바닥을 보니 여전히 손톱자국이 남아있었다.

대체 왜 그랬을까? 토리에게 서운한 마음이 컸던 걸까? 너무 후회됐다. 로션을 가져와서 토리 발바닥에 조심스럽게 발라줬다.

2016. 04. 20

하루 종일 힘들었을 토리를 생각하니
마음이 너무 아팠다.

질투쟁이

나는 질투쟁이다. 그것도 토리에게 질투하는 '애 어른' 질투쟁이다. 토리 엄마는 토리만 바라보고, 토리만 생각하고 나랑 놀아주지 않는다. 토리 엄마를 그렇게 만든 토리에게 엄청난 경쟁의식을 느낀다. 장난처럼 들리겠지만 가끔은 정말 화가 날 때도 있다.

내가…… 이상한 걸까?

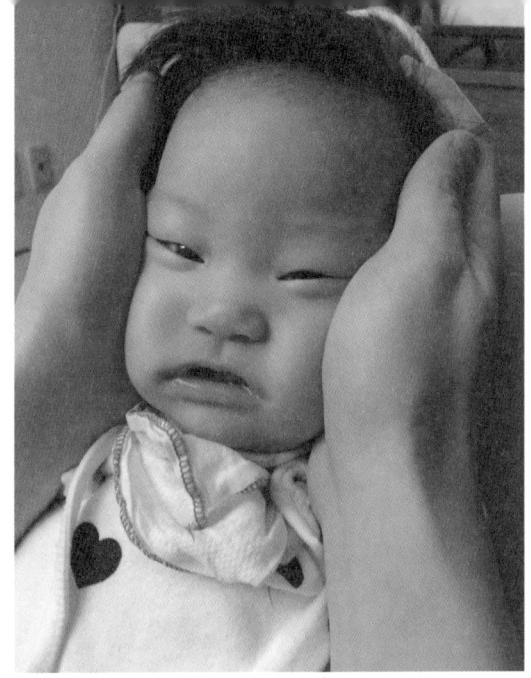

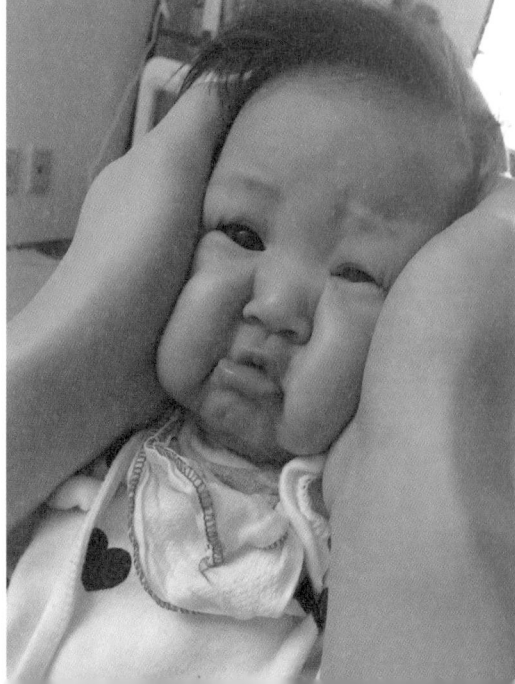

착한 남자

주변 사람들은 항상 나를 착한 사람이라고 말한다. 이수 엄마도 내 착한 면에 반했다고 한 적이 있다. 처음에는 좋았다. 착한 건 좋은 거니까. 그런데 사회를 경험할수록 착하게만 산다는 건 바보 같은 거라는 생각이 들었다. 특히 배우라는 직업은 착한 게 오히려 독이 될 수 있다. 연기할 때도 말투 자체가 착하다 보니 착한 느낌이 잘 빠지지 않았기 때문이다. 점점 착하다는 소리가 엄청난 스트레스로 밀려들었다. 그러다 바보 같은 짓을 저지르고 말았다.

이수가 자는 사이에 이수 엄마와 나는 사소한 말다툼을 했다. 나는 그 정도로 화낼 상황이 아니었는데 너무 몰입하다보니 평소보다 더 격하게 화내고 말았다. 심지어 문고리를 발로 차서 망가뜨리고는 홧김에 집을 나왔다. '내가 대체 무슨 짓을 한 걸까?' 한참을 생각하다가 미칠 듯이 후회했다. 스스로 너무나도 한심하고 철없어 보였다.

2016. 08. 09

집으로 들어가 이수 엄마에게
뭐라고 말해야 할까…….

이수의 첫 번째 생일

오늘은 이수의 첫 번째 생일이자 돌잔치가 있는 날이다. 우리는 돌잔치에 가족들만 초대하기로 하고 준비를 시작했다. 막상 일정이 다가오니 준비할 게 너무나도 많았다. 그리고 준비하면서 돌잔치가 금전적으로도 많이 든다는 걸 깨달았다.

우리는 욕심이 많아 이수에게 드레스도 입히고 한복도 입히고 싶었다. 여기저기 알아봤는데 드레스는 인터넷에서 저렴하게 구매했고 한복은 운 좋게도 주변 사람들의 도움을 받았다. 내가 한창 웨딩촬영을 많이 했던 터라 따로 한복을 협찬받을 수 있었기 때문이다.

그리고 돌잔치에 쓰이는 아이 돌상이 그렇게 비싼 줄 몰랐다. 차라리 우리가 돌상을 직접 차리고 싶은 심정이었다. 그러던 중에 SNS를 통해 어떤 돌상 업체에서 이수가 곧 돌인데 협찬해주고 싶다는 메시지를 보냈다. 우리는 바로 수락했고 돌상도 준비할 수 있었다.

주변의 많은 도움으로 큰돈 들이지 않고
행복한 돌잔치를 진행할 수 있었다.

4시간의
비행

우리 부부는 항상 토리와 함께 해외여행을 가고 싶다고 얘기했다. '그날이 과연 올까'라고 생각했는데 예상보다 빨리 기회가 왔다. 돈, 시간 모든 게 맞아떨어지는 순간이 온 것이다.

우리는 첫 해외 여행지로 괌을 선택했다. 우선 비행기와 숙소를 예약하고 나머지 것들을 하나씩 해결해갔다. 가서 아플 경우를 대비해 병원에서 상비약을 받아오고 이것저것 우발 상황을 대비해서 채우다 보니 캐리어가 제법 빵빵해졌다.

점점 채워지는 캐리어를 보면서 우리의 걱정 또한 줄어드는 것 같았지만 사실 가장 큰 걱정은 따로 있었다. 무려 4시간 동안 이수가 비행기 안에서 잘 지낼 수 있을지, 그 좁은 비행기 안에서 무엇을 하면서 시간을 보낼 것인지에 대해 말이다.

고민 끝에 우리는 두 가지 방안을 떠올렸다. 우선 서점에 가서 스티커 북과 이수가 볼만한 책을 구매했

2016. 10. 01

고 휴대폰에 이수가 즐겨보는 영상도 미리 저장했다.
모든 준비는 끝났다. 출발 전날, 우리는 짐을 다 싸고
손을 모아 기도했다.

**'제발, 이수가 비행기 안에서
얌전히 있게 해주세요'**

유튜브
'이수티븍'

우리 집 앞에 큰 서점이 하나 있는데 그곳에 이수 장난감과 책을 사러 종종 가곤 했다. 평소처럼 그 서점에 갔다가 우연히 《YouTube 유튜브로 돈 벌기》라는 책을 봤는데 제목이 눈에 확 끌려 바로 구매했다. 집에 오자마자 한 번에 다 읽어버리고 그날 밤에 생각했다.

'유튜브를 해보자'

처음에는 아내의 반대가 심했다. 연기에 투자할 시간에 밤새워서 영상 편집 강의를 듣고 유튜브에만 빠져있는 내 모습이 한심해 보였던 것이다. 하지만 유튜브 세계는 하나하나 알아갈수록 점점 더 재미있었다. 평상시에도 계속 콘텐츠에 대한 아이디어나 채널 컨셉 같은 것들을 생각하느라 쉴 새가 없었다. 정말 흥미로웠다. 이런 내 모습에 아내는 결국 두 손 두 발 들어버렸다.

아내의 허락을 받고 나서 책에 나와 있는 대로 차근차근 하나씩 유튜브 채널을 준비했다. 매일 밤, 잠을 포기하고 영상 편집 강의를 들었다. 또 어떻게 하면 구독자들이 재미있어하는지, 흥미를 느낄 수 있을지에 대해 고민했다. 고민 끝에 '이수가 중심이 된 가족 채널을 만들자'라고 결정했다. 오늘이 바로 그동안 준비해온 것을 바탕으로 채널을 개설한 날이다.

채널 이름은
'이수티븨'!

내가 스트레스를
푸는 법

내가 생각하는 행복이란 무조건 좋은 일만 생기고 항상 웃으며 살아가는 게 아니다. 행복 안에는 슬픔이나 힘듦, 외로움 같은 감정들도 함께 섞여 있는 게 아닐까. 우리 삶을 되돌아봤을 때 이런 감정들 없이 오로지 기쁨만 있는 건 어쩌면 행복한 삶이 아닐 수도 있다고 항상 생각했다.

그럼에도 불구하고 행복을 느끼기 위한 과정은 너무나도 힘들다. 나 역시 우리 가족과 함께 있을 때 스트레스를 받는다. 하는 일이 잘 안 되거나, 아프거나, 그냥 이유 없이 지칠 때가 있다. 그럴 때면 나는 이수가 어린이집을 가거나 잠이 들었을 때 운동복을 챙겨 입고 운동을 하러 나온다.

운동하는 시간은 온전히 나만의 시간이다. 러닝머신 위를 걸으며 그동안 못했던 깊은 생각을 할 수도 있고, 바벨을 들며 정신적으로 힘든 육체를 물리적으로 덮어버릴 수도 있다. 그렇게 나는 항상 운동으로 스트레스를 풀었다.

　누구나 스트레스를 받는다. 그 이유가 무엇이든 스트레스를 해소하는 방법이 있다는 건 정말 큰 행복이다.

내 삶의 주인공

요즘 내 삶의 주인공이 내가 아닐 수도 있다는 생각이 든다. 이 말이 슬프게 들릴 수도 있지만 나는 오히려 긍정적으로 본다. '주인공이 아니면 조연을 하면 되지'라는 생각으로.

내 삶의 주인공은 우리 가족이고 나는 우리 가족을 빛나게 하는 조연 역할을 하면 된다. 원래 주연 옆에는 감초 역할이 필요하지 않은가. 이렇게 대단히 멋있어 보이는 문장을 가지고 나는 이수 엄마에게 갔다. "여보, 내 삶의 주인공은 우리 가족이야. 나는 조연할게."라고 했더니 이수 엄마가 말했다.

"우리 가족에 너는 없냐?"

아 맞다. 나도 그럼 주인공이네? 헤헤.

이수 방이
생겼다!

　살고 있는 집에서 2년을 채우고 조금 더 큰 집으로 이사 가는 날이다. 물론 지금보다 더 큰 집으로 간다는 것도 좋았지만 이수에게 방을 선물해줄 수 있다는 게 우리에게 너무 큰 행복이었다. 이수가 이제 거실이 아닌, 자기 방에서 장난감을 가지고 놀거나 책을 읽겠지. 상상만 해도 행복하다. 이수에게 "이제 이수가 놀 수 있는 장난감방 만들어 줄 거야."라고 말했더니 이수가 답했다. "그럼 나 장난감 많이 살 수 있어?"

　한 단계씩 업그레이드 중인 우리 삶이 너무나도 흥미진진하다. 우리는 항상 꿈과 목표를 가지자고 말한다. 나의 꿈, 이수 엄마의 꿈 그리고 이수의 꿈. 이사는 우리의 꿈 중 하나였고 드디어 그 꿈을 오늘 이뤘다.

2017. 04. 21

**앞으로 더 새롭고 흥미진진한
또 다른 꿈을 꿀 수 있다.**

장모님의
반찬

　　결혼하기 전부터 나는 감사하게도 장모님의 사랑을 듬뿍 받았다. 누나와 결혼하겠다고 말씀드리러 갔을 때가 생각난다. 어린이 대공원 쪽에 있는 한 뷔페에서 점심 약속을 잡고 처형(아내의 언니)과 어머님을 만났다. 우리는 만나자마자 말할 새도 없이 식사를 시작했다. 나는 언제 애기해야 하나 마음 졸이며 음식이 코로 들어가는지 입으로 들어가는지 모를 정도로 정신이 없었다.

　　어느 정도 식사가 끝난 후, 디저트를 먹으면서 애기 나누던 중에 내가 어렵게 말을 꺼냈다. "어머님, 사실 오늘 혜주 누나와 결혼하고 싶다는 말씀을 드리려고 이렇게 자리를 마련했습니다." 내 말이 끝나기도 전에 어머님은 "그렇게 해~ 아유, 잘됐다~ 잘됐어."라고 말씀해주셨다. 그 말을 듣자 내 몸은 쌓였던 눈이 사르르 녹아내리는 것처럼 모든 긴장들이 풀렸다. 나는 이렇게 좋은 장모님의 사위가 됐다. 장모님은 우리가 결

2017. 05. 08

혼한 이후로 매일 반찬을 해서 가져다주셨다. 우리 집이 그리 가까운 것도 아닌데…… 아무리 괜찮다고 말씀드려도 반찬을 바리바리 싸 들고 40분이나 걸리는 거리를 오셨다.

이수가 이유식을 떼고 밥을 먹기 시작한 후부터 지금까지 먹고 있는 반찬이 딱 한 가지 있다.

바로 장모님이 직접 만든 동치미. 장모님께서 동치미를 기가 막히게 잘 만드셔서 이수는 시원한 동치미 안에 있는 무를 정말 잘 먹고 자랐다. 질리지도 않는지 지금까지도 동치미 속 무를 우걱우걱 잘 먹는다. 이수가 별 탈 없이 지금까지 잘 자랄 수 있었던 이유 중 하나가 바로 장모님 표 동치미 덕분이라고 생각한다.

오늘도 우리 가족은 장모님이 해주신 반찬과 동치미로 저녁 식사를 했다. 이제 거절해도 안 되는 것을 알기에 어떻게 하면 장모님께 은혜를 갚을 수 있을까에 대한 생각을 많이 한다.

2017. 05. 08

장모님, 사위가 일 열심히 해서
용돈 많이 드릴게요!

첫 차

오늘은 우리 가족이 뚜벅이 생활에서 벗어나는 날이다. 결혼한 지 2년, 우리에게 '빠방(이수가 차를 보자마자 빠방이라고 불렀다.)'이가 생겼다. 전에는 차가 필요하면 아빠 차를 빌려 쓰고 다시 가져다 놔야 하는 불편함이 있었다. 이제는 그럴 필요가 없다니…… 정말 행복하다. 그리고 우리가 가고 싶은 곳이 생기면 당장에라도 시동을 걸고 출발할 수 있는 기쁨은 말로 표현할 수 없을 정도다. 우리는 자동차에 손수 이름도 붙여줬다. 번호판에 무가 들어가니까 **무무!**

**무무를 타고 함께 떠날
우리 가족의 여행이 벌써 기대된다.**

나를 맞아주는
사람들

나는 스무 살에 지방에 있는 대학교에 가서 혼자 살아야 했다. 내 인생 최초의 자취 생활이었다. 1년 동안 자취하면서 항상 학교에 갔다가 집에 돌아오면 어두컴컴한 집의 공허함을 잊을 수 없다. 그때는 별생각 없었지만 이제 와 생각하니 굉장히 외롭고 쓸쓸했던 것 같다.

지금은 나에게 가족이 있다. 예쁜 아내와 사랑스러운 딸. 촬영하고 퇴근하면 두 여자가 나를 반겨준다. 누군가 보고 싶어서 퇴근이 기다려지는 기분은 뭐랄까. 직접 경험해봐야 알 수 있다. 집에 들어섰을 때 나를 반겨주는 사람이 있다는 건 정말 큰 축복이다. 이 소중함을 잊지 않으려고 항상 노력하고 있다.

오늘은 집에 들어갈 때 이수가 좋아하는 초콜릿 하나 사 가야지.

2017 . 06 . 20

뚱뚱보 공주
구출작전

어릴 때 게임기를 가진 친구가 그렇게 부러울 수 없었다. 부모님께 사달라고 몇 번이나 졸랐지만 절대 사주지 않으셨다. 그 꿈을 내 나이 스물아홉 살에 아내가 대신 이뤄줬다. 어느 날, 아내가 생일 선물로 갖고 싶은 게 있냐고 물어서 플레이스테이션이 갖고 싶다고 가볍게 얘기했다. 그런데 생일날 아침에 아내가 플레이스테이션을 사러 가자는 게 아닌가. 내 귀를 의심하며 몇 번이나 되물었다. "진짜? 진짜로?"

그렇게 아내 덕분에 처음으로 게임기를 손에 쥐었다. 내가 가장 좋아하는 건 축구 게임이지만 아내와 함께할 수 있는 게임을 찾다 보니 '뚱뚱보 구출 대작전'이라는 게임을 구매하게 됐다. 밤에 이수를 재우고 우리는 함께 뚱뚱보 공주를 구하기 위해 비장한 자세로 플레이스테이션을 켰다. 치킨, 맥주도 우리의 여정에 동행했다. 그렇게 철없는 우리는 새벽 3시가 돼서야 게임기를 끄고 잠자리에 들었다.

2017. 07. 06

내일은 꼭 뚱뚱보 공주를
구출하기로 약속하고.

그렇게
우리는

이수 동생
하루

나는 강아지를 굉장히 좋아한다. 그래서 주변에 강아지를 키우는 친구들이 세상에서 가장 부러웠다. 솔직히 게임기 가진 친구보다 더 부러울 정도였으니 말 다 했다. 언젠가 나도 강아지와 함께하는 날이 오기를 꿈꾸다가 드디어 그 꿈이 실현됐다. 스물아홉에 게임기에 이어 나의 작은 꿈이 또 이루어진 것이다.

나는 아이와 반려견이 함께 자라는 환경이 좋다는 것을 맹목적으로 믿고 있었다. 이 믿음은 이수가 태어나자 꼭 실현하겠다는 의지로 바뀌었다. 그렇게 우리는 비숑 프리제라 불리는 아기 강아지를 데려왔다.

이수 이름 짓는 것도 힘들었는데 아기 강아지 이름 짓는 것도 마찬가지였다. 한참을 고민하다가 이수와 함께 하루하루 즐겁게 보내라는 의미에서 '하루'라는 이름을 지어줬다. 이수도 하루의 이름을 부르며 무척이나 행복해했다.

그날 이후, 우리 집에서는 이수의 이름보다
하루의 이름이 더 많이 불린다.

엄마는
위대하다

엄마가 사라졌다! 사실 사라진 게 아니라 혼자서 제주도 여행을 갔다. 제주도에 친한 지인이 살고 있어서 그곳에서 잠시 힐링하고 오라고 했다. 평소에 아내가 촬영가거나 다른 일을 할 때 5~6시간 정도 혼자 이수를 본 적은 있다. 하지만 1박 2일을 독박으로 본 적은 없어서 내가 과연 잘 볼 수 있을까 하는 생각에 조금 긴장됐다. 근거 없는 자신감으로 "걱정하지 말고, 가서 연락하지 말고 재밌게 놀다 와."라고 말하며 아침댓바람부터 이수 엄마를 보내버렸다. 아침에 이수가 일어나자마자 내게 물었다. "엄마는?"

"어~ 엄마 일하러 갔는데 내일 올 거야! 아빠랑 재미있게 놀자." 육아 전쟁의 시작을 알리는 부녀의 소소한 대화였다. 이수에게 아침으로 시리얼을 먹이고 잠깐 TV를 보여주는 사이 집을 청소했다. 청소를 끝내자 금세 점심 먹을 시간이었다. 부랴부랴 어머님이 해주신 반찬과 밥 그리고 이수가 좋아하는 마늘햄으로 밥상을 차렸다.

 그렇게 이수에게 점심을 먹이고 함께 장난감 놀이를 하다가 얼른 낮잠을 재웠다. 이수가 자는 동안 나는 늦은 점심을 먹고 설거지를 하고 빨래를 갠 후 겨우 소파에 앉았다. 그러자 이수가 바로 잠에서 깨는 게 아닌가. 얼른 일어나 엄마를 찾는 이수를 30분 정도 꼭 안아서 달래줬다. 그리고 그림 놀이와 책을 읽어주니 다시 저녁 시간이라 같이 저녁을 먹었다. 저녁 식사 후 이수 목욕을 시키고 책을 조금 읽어주니 금방 밤 9시를 넘겼다. 잠이 든 이수를 확인하고 거실로 나와 체력 고갈 상태로 소파에 눕다시피 앉아서 생각했다.

'아, 엄마는 위대하구나'

아들이에요?

　이수 엄마는 이수에게 치마나 원피스가 아닌 바지에 맨투맨을 입히는 걸 더 좋아한다. 그래서일까. 가끔 처음 만나는 사람들은 이수를 보고 "아들이에요?"라는 묻는 경우가 종종 있다. 내 눈엔 당연히 이수는 예쁜 여자 아이지만 보는 눈이 다 다르니 그런 말을 들을 때 전혀 이해하지 못하는 건 아니다.

　하지만 가끔 그런 질문을 받으면 이런 생각이 들었다. 이수를 과연 여자처럼 키워야 하는 걸까? 어른들은 남자는 남자처럼, 여자는 여자처럼 키워야 한다는 말씀을 많이 해주신다. 그런 얘기를 들으면서 나도 모르게 이수가 조신하고 부엌 놀이나 화장품 놀이 혹은 인형을 가지고 놀기를 원했다. 그러다 문득 이수가 어떻게 자라야 좋을지에 대해 생각을 해보았다.

나는 이수가 이수답게 자라줬으면 좋겠다.

여자나 남자처럼 성별의 차이가 아닌 이수 그 자체로 특별한 존재였으면 한다.

파란색을 제일 좋아하는 이수는 인형을 가지고 노는 것보단 자동차 놀이를 더 좋아한다. 또한 가만히 앉아서 노는 것보다 활동적으로 뛰어노는 것을 더 좋아한다. 마지막으로 머리가 긴 것보다 짧은 것을 더 좋아한다.

닭가슴살

나는 선천적으로 살이 잘 찌는 체질이다. 2013년 3월에 전역하고 그해 8월에 운동을 시작하면서 닭가슴살을 먹기 시작했다. 모델학과에 재학 중일 때 내 점심은 항상 도시락이었다. 계란 흰자 3개, 삶은 닭가슴살 200g, 고구마와 아몬드 한 줌. 그때부터 이렇게 살다 보니 닭가슴살을 안 먹으면 불안하고 살이 계속 찌는 느낌이었다.

결혼한 지 2년이 넘는 시간 동안 닭가슴살을 달고 살았다. 그래서 이수 엄마는 나와 함께 밥 먹을 일이 별로 없었다. 항상 집에서 각자 본인 밥은 직접 차려 먹었다. 짜고 자극적인 걸 좋아하는 이수 엄마는 항상 닭가슴살만 먹는 내가 밉다고 했다. 함께 맛있는 음식을 먹어주지 못해 미안했다.

이수 엄마는 내가 가끔 "밥 차려줘."라고 말하면 신나서 밥을 차린다. 그럴 때마다 내가 아내의 행복을 누릴 수 없게 해주는 건 아닐까 하는 생각이 든다. 그

2017. 09. 06

래서 하루에 한 끼는 일반식을 먹기로 했다. 덕분에 요즘 이수 엄마가 차려주는 사랑의 밥을 먹고 있다.

새 프로필

오늘은 내가 직접 모든 것을 준비해서 배우 프로필을 촬영하는 날이다. 프로필을 촬영하기 위해서는 마음이 잘 맞는 포토그래퍼가 있어야 한다. 다행히 모델 일을 하면서 만났던 포토그래퍼 실장님께 연락 드렸더니 흔쾌히 수락하셨다. 그다음은 헤어와 메이크업. 내게는 웨딩 촬영할 때 만나 지금까지 헤어와 메이크업을 해주고 계시는 고마운 분들이 있다. 마지막으로 촬영 장소! 촬영 장소는 모델인 나보다 잘 아시는 포토그래퍼 실장님의 추천을 받아 정했다.

이번 프로필 촬영이 중요한 이유는 소속 회사 없이 혼자서 진행하는 프로필이었고 배우로서 제일 먼저 보일 사진이기 때문이다. 또 처음으로 머리를 기르고 이미지 변신을 해서 촬영하는 첫 번째 사진이기도 했다. 신경을 많이 쓸 수밖에 없었다.

사실 걱정보다는 설렘으로 가득하다. 우리 가족이 나를 전적으로 믿어주고 스스로도 확신이 있었기에.

이수의 애착 인형,
푸땡이

　이수에게 '푸땡이'라고 부르는 애착 인형이 있다. 이수가 갓난아기일 때 친구가 디즈니랜드에서 사다 준 푸우 인형이다. 문제는 이수가 항상 꼭 껴안고 자는 바람에 푸땡이가 너무 더러워져 버린 것. 하루 24시간 껴안고 있는 인형을 어떻게 하면 이수 몰래 세탁기에 넣을 수 있을지 고민이었다. 한시라도 자기 품에서 떨어지면 "푸땡, 푸땡."하며 찾았기 때문이다.

　우선 우리는 흥미로운 장난감에 이수의 시선을 빼앗고 재빨리 푸땡이를 세탁기에 넣고 돌려버렸다. 다행히 이수는 그때까지만 해도 푸땡이가 사라진 사실을 몰랐다. 무사히 세탁을 마친 푸땡이는 건조대로 옮겨졌다. 이수가 잘 시간이라 숨어서 물 먹은 푸땡이를 열심히 드라이기로 말리고 있었는데 결국 일이 터지고야 말았다. 이수가 푸땡이를 찾기 시작한 것이다.

　울고불고 난리가 난 상태에서 나는 드라이기를 최대 출력으로 열심히 팔, 다리, 몸통, 얼굴까지 말리고

2017. 10. 04

있었다. 하지만 완전히 말리는 것은 불가능한 상태! 결국 아직 축축한 푸땡이를 이수에게 안겨주었다. 이수는 푸땡이를 안자마자 울음을 뚝 그치고 푸땡이와 곤히 잠들었다. 자는 도중 이수가 혹시 감기에 걸릴까 푸땡이를 다시 빼가려고 했지만 잠결에서도 푸땡이를 꼭 안고 절대 내주질 않았다. 결국 이수의 체온으로 푸땡이는 아침에 완전히 건조됐다.

2017. 10. 04

이수야, 아빠가 돈 열심히 벌어서
얼른 건조기 살게…….

잠들지
않는 밤

누구나 한 번쯤 크게 아픈 날이 오기 마련이다. 평소와 같은 아침을 맞이하고 이수를 어린이집에 보낼 준비를 하고 있었다. 그런데 평소와 달리 이수가 짜증을 내며 계속 어린이집에 가기 싫다고 떼를 쓰는 게 아닌가. 뭔가 이상해서 이수 이마에 손을 대보고 체온을 쟀더니 37.8도였다. 우리는 바로 어린이집에 연락하고 병원에 달려갔다. 독감이 유행하던 시기라 혹시 이수가 독감에 걸린 건 아닌지 걱정됐다.

병원에 가면 우선 상태를 보고 독감 검사를 한다. 저번에 이수 엄마가 경험한 독감 검사에 대해 말해 준 적이 있다. 긴 면봉을 코 깊숙이 넣어서 검사하는데 그 느낌이 정말 끔찍하고 아팠다고 했다. 진료실로 들어가서 이수 엄마가 이수의 손을 꼭 붙잡고 간호사가 이수의 얼굴을 꼭 붙잡았다. 벗어나려고 발버둥 치는 이수의 모습은…… 정말 보기 힘들었다. 하지만 의사 선생님은 이수의 그런 반응이 익숙하다는 듯이 침착하게 면봉을 코 깊숙이 꾹 눌러 넣었다. 의사 선생님의 침착함에 당황스러우면서도 마음이 아팠다. 동시에 나와 달리 강인한 의사 선생님의 모습에 안심이 됐다.

그렇게 검사를 끝내고 10분 정도 지나자 독감이 아니라는 판정을 받았다. 하지만 오늘 저녁에 열이 심하게 오를 수도 있으니 예의 주시해야 한다고 말씀해주셨다. 우리는 약을 처방받고 집으로 돌아왔다. 오늘 어린이집은 쉬기로 하고 집에서 함께 시간을 보내기로 했다. 이수는 몸이 아파도 잘 노는 아이여서 집에서 오랜만에 우리와 신나게 놀았다. 어느새 저녁이 되고 이수가 잠들었다. 자기 전에 우리는 이수의 두 손을 꼭 잡고 기도를 했다. '제발 열이 안 나게 해주세요'

잠든 지 2시간쯤 지났을까, 이수가 뒤척이다가 깨어났다. 체온을 확인하니 38.8도였다. 이렇게 열이 많이 오른 적은 처음이라 너무 놀란 마음에 우리는 급히 미지근한 물을 욕조에 담아 목욕 준비를 했다. 욕조를

거실로 옮기고 주변에 수건을 펼친 후 이수를 욕조 안에 넣었다. 아프다는 걸 아는지 모르는지 이수는 물놀이 온 마냥 잘 놀았다. 그 모습이 정말 안쓰럽다가도 고마웠다.

그렇게 1시간이 흐르고 체온이 37.8 정도 내려간 후에 목욕을 마치고 이수는 다시 잠들었다. 1시간쯤 지나자 열이 다시 38도 이상으로 올라가고 있었다. 이수도 몸이 아픈지 뒤척였다. 다시 깨워서 똑같은 일을 반복했다. 그렇게 아침 10시가 됐다. 다시 체온을 재보니 다행히 37.3도 정도로 떨어졌다. 우리는 밤새 잠을 못 자서 비몽사몽이었는데 반면에 이수는 괜찮아졌는지 아주 멀쩡했다. 그제야 마음이 놓였다.

항상 생각하는 거지만 이번 일로 절실하게 느꼈다. 그 무엇보다 건강이 최우선되어야 한다는 것을. 그렇게 다시 한번 가슴 깊이 새겼다.

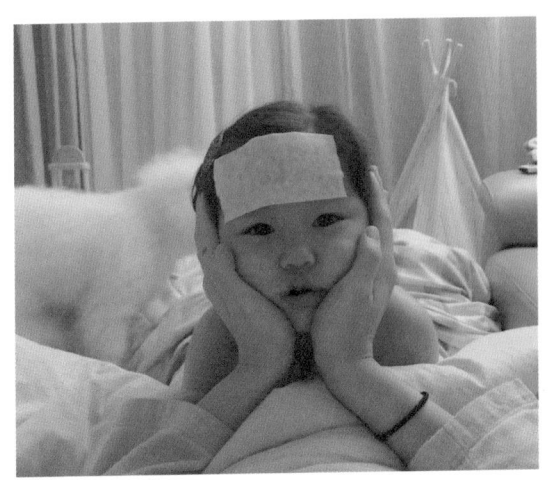

'아프지 말자 우리 가족'

아빠가 좋아,
엄마가 좋아?

'아빠가 좋아, 엄마가 좋아?' 누구나 어릴 때 한 두 번 들어봤을 질문이다. 나는 굳이 어린아이에게 그런 걸 물어볼 필요가 있을까 하고 생각했었다. 그런데 막상 내가 아빠가 되고 육아를 하면서 궁금해졌다. '내 딸은 뭐라고 대답할까?'

이수가 어느덧 엄마, 아빠 정도의 단어를 구사할 수 있는 시기가 왔을 때 처음으로 물었다.

"아빠가 좋아, 엄마가 좋아?"

이수는 당시에 애매한 대답을 했다. 엄마인지 아빠인지 굉장히 애매하게. 이수가 조금 더 크고 어느 정도 의사 표현을 할 줄 아는 시기가 왔을 때 다시 물어봤다.

"아빠가 좋아, 엄마가 좋아?"
이수는 조금 고민하더니 "다!!!"라고 대답했다.

2017. 11. 08

둘 다 좋다는 말이었다. 물어볼 때 나는 소심하게
도 엄마라고 하면 조금 서운할 것 같았다. 아니, 짐작건
대, 많이 서운했을 거다. 그래서일까.

2017. 11. 08

이수가 우리 둘 다 선택해줘서
너무 고마웠다.

머리 좀
잘라

"머리 좀 잘라." 이수 엄마가 요즘 나에게 제일 많이 하는 말이었다. 맞다. 내 머리가 어느덧 이수와 비슷해지고 있었다. 일이 거의 없어서 겉모습에 신경을 안 써서 그런지 머리가 쑥쑥 자랐다.

항상 모자를 쓰고 다녔는데 이수 엄마는 나와 함께 다니면 창피하다고 장난스럽게 말하곤 했다. 하지만 나는 왠지 모르게 자르기가 싫었다. 이유는 잘 모르겠다. 그저 폐인처럼 살고 싶었던 걸까. 왜 이렇게 한낱 '루저'가 돼버렸을까…….

그러던 오늘, 저번에 오디션을 봤던 웹드라마에서 캐스팅 제의가 들어왔다. 한 가지 문제가 있었는데 길었던 머리를 잘라야 한다는 것. 나는 한 톨의 고민 없이 대답했다.

"당장 잘라야죠!"

 조회 1,229,763명

SNS 조회수
100만 영상

오늘은 이수 영상이 SNS에서 100만 조회 수가 나온 날이다. 우리 가족은 SNS에서 꽤 유명하다. 이수의 계정을 만들고 이수의 귀여움이 널리 알려진 게 유명해진 계기다. 어떤 것이든 장단점이 있겠지만 SNS는 우리에게 좋은 점이 훨씬 많았다. 일적으로는 모델 촬영 문의가 우리의 SNS를 보고 많이 들어왔고 생활적으로는 SNS에 좋은 영상과 사진을 올리기 위해서 이수에게 더 관심을 줄 수 있었다. 일상의 소중함을 기록하는 일종의 일기장인 셈이다.

100만 영상을 찍은 날은 이수가 교회 예배를 마치고 집에 가지 않겠다고 한 날이었다. 이수 엄마가 집에 가자고 아무리 꼬셔도 꿈쩍하지 않았다. 그러자 이수 엄마는 우는 척을 하기 시작했고 그런 엄마를 보고 이수가 말했다.

"엄마 기도해, 엄마 기도해."

그래도 계속 울자 이수는 엄마의 두 손을 꼭 잡아
주며 "왜 그래, 울지 마."라고 말한다. 그래도 계속 울
자 엄마의 등을 토닥여준다.

"울지마, 제발 좀 울지 마. 집에 가고 싶어?
진짜로? 알았어. 내가 도와줄게."

정말 기가 막히고 코가 막히는 언변이었다.

2018. 03. 04

이수는 나중에 커서 뭐가 되려고
어쩜 그리 말을 예쁘게 하는 걸까?

내 목소리는
원래 그래요

이수는 평소에도 하이톤이지만 신이 났을 때 목소리가 끝도 없이 올라가는 아이다. 그런 모습이 집에서는 마냥 예쁘고 사랑스럽지만 공공장소에 갔을 때는 상황이 다르다. 혹여나 다른 사람들에게 피해가 될까 봐 조심스러웠던 적이 많았다.

오늘도 장난감 백화점에서 선물을 받은 이수가 신이 나 어김없이 목소리가 커졌다. 그러자 이수 엄마가 얘기했다.

"이수, 목소리 너무 커요.
그럼 다른 사람들이 싫어해요."

이 말을 들은 이수가 하는 말.

"내 목소리는 원래 이렇게 커요."

프로배웅러

나는 매일 저녁에 연습실로 출근한다. 연습실에 가면 내가 연기의 끈을 놓지 않고 매일 배우가 되기 위해 노력하고 있다는 느낌을 받는다. 이제는 연습실 가는 게 적응이 돼버려서 하루라도 가지 않으면 불안함에 잠을 못 잘 정도다.

집을 나설 땐 이수를 목욕시키고 함께 침대에 누워있다가 잠이 들면 출근했었다. 그런데 집에서 늦게 나오니 연습실에서 연습을 마치고 들어오면 언제나 새벽이었다. 점점 잠이 부족해지자 이수 엄마에게 좀 더 일찍 나가야 할 것 같다고 말했다.

이수 엄마가 흔쾌히 허락해준 후부터 나는 이수가 깨어있을 때 집에서 나오게 됐다. 그리고 매일같이 이수의 배웅을 받으며 출근한다. 내가 신발장에서 신발을 신고 있으면 달려와서 "아빠 안아줘."라고 말하며 거울 앞에서 사진을 찍자고 한다. 덕분에 나는 엄청난 에너지를 듬뿍 받고 연습실로 향한다. 더러 이수가

2018. 05. 11

가기 힘들게 만들 때도 있다. "아빠 나랑 같이 자." "안 가면 안 돼?"라고 말하며 따라 나올 때…… 그럴 땐 정말 집을 나서기가 힘들다.

이수야, 아빠가 나중에 배우로 성공한다면,
그리고 그 이유를 말할 기회가 있다면 매일같이
배웅해준 이수 덕분이라고 자신 있게 말할 거야.

대배우

　가끔 오디션 준비를 하거나 독백 연습을 할 때 연습 상대가 필요하다. 같이 연습하는 동생은 남자라 남녀 대사를 맞춰볼 때는 집중이 안 된다. 그렇다고 이수 엄마 앞에서 연기하기에는 아직 내가 많은 것을 내려놓지 못해서인지 너무 부끄럽고 민망했다.

　오늘은 이수 엄마가 촬영가는 날이라 혼자 이수를 보고 있었다. 내일 오디션이라 이수와 놀아주면서 대본을 보다가 문득 '이수한테 대사를 말해볼까?'라는 생각이 들었다. 보고 있던 대본은 영화 <연애의 온도>에서 극중 인물인 이동희와 장영이 싸우는 장면이었다.

　나는 대뜸 이수에게 "네가 말해, 헤어지고 싶으면 네가 말하면 되지. 왜 나한테 시키는데?"라고 말했다. 그러자 이수는 온몸으로 내 대사를 느끼고 "아빠, 그러지 마."라고 답했다. 무슨 생각이었는지 나는 계속 대사를 이어갔다. "야, 넌 뭐 변한 줄 알아? 너야말로 그

대로야. 나 만나서 힘들고 지친다, 너 혼자 애쓴다. 너 옛날에 하던 그 짓 똑같이 하고 있잖아."

이수는 내 대사를 느끼고 "아빠, 왜 그래 무서워…… 하지 마……."라고 말하면서 큰 눈망울에서 닭똥 같은 눈물을 흘렸다. 나는 순간 이수에게 너무 미안해서 꼭 끌어안고 상황을 설명했다. "아빠가 연기할 상대가 없어서 이수한테 연습한 거야. 아니, 장난친 거야!"

나는 왜 상대방의 말을 솔직하게 느끼고 반응하지 못할까? 이수처럼 느끼고 반응해야겠다. 오늘 이수에게 많은 것을 배운 것 같다.

'대배우 최이수'

잔소리

　　나는 우리 집에서 잔소리 왕이다. 나 스스로 잔소리가 많다는 걸 충분히 잘 알고 있다. 집에서 제일 많이 하는 말은 "(화장실 앞에 옷을 보고) 빨래할 옷이야? 입을 거야?" "썼으면 제자리에 갖다 놔야지!" 물론 내가 이런 말을 할 수 있는 건 우리 집 청소는 내가 가장 잘하고 있기 때문이다. 결혼한 이래로 지금까지 이수 엄마에게 빨래와 설거지를 시킨 적이 없다. 이상하게 이수 엄마가 빨래나 설거지하는 모습을 보면 내가 너무 불편해서 못 참겠다. 그러므로 나에게는 잔소리할 수 있는 권한이 있다는 소리다.

　　특히 내가 했던 말 중에 나조차도 인상 깊다고 느끼는 말이 하나 있다. 지금 생각해도 웃음이 난다. 이수 엄마가 사용하고 제자리에 갖다 놓지 않은 물건을 보고 했던 말이다. "여보, 여보는 나가서 일 끝나고 집으로 오지? 애네도 똑같아. 일 끝났으면 집으로 보내줘야지." 지금 생각해도 반박할 수 없는 말이지 않은가.

오늘도 나는 이수 엄마에게 잔소리를 많이 했다. 그러나 내 진심은 아이유의 <잔소리>에도 나오는 가사처럼,

"사랑하다 말 거라면 안 할 이야기"
"사랑해야 할 수 있는 그런 이야기"다.

유튜브
마스터

우리 부부는 이수가 아기일 때부터 휴대폰으로 유튜브를 보여주곤 했다. 이수가 아무 이유 없이 울거나 짜증 낼 때 유튜브를 보여주면 바로 뚝 그쳤고, 밥투정을 심하게 부릴 때 유튜브를 보여주면 다 받아먹기도 했다. 그렇게 우리는 휴대폰에 적응하고 이수에게 '이러면 안 되는데' 하면서도 너무 힘들어서 계속 보여줄 수밖에 없었다. 이수는 뭐가 그렇게 재밌고 신기했을까?

그렇게 이수가 네 살이 될 때까지 밥 먹을 때는 항상 유튜브를 봤다. 정말 신기하게도 네 살이 되면서 이수는 자기가 원하는 데로 휴대폰을 다룰 줄 알게 됐다는 점이다. 광고를 넘기거나 다른 동영상을 보고 싶어서 창을 넘겼다. 심지어는 꺼져있는 휴대폰을 고사리 같은 손가락으로 밀어 올려 컨 후에 유튜브를 찾아 들어갔다. 내 딸이지만 정말 대단하다고 느꼈다.

이제는 이수가 우리보다 유튜브에 대해서 잘 사용

2018. 07. 30

하고 있었다. 초등학생이 되면 핸드폰을 사달라고 할 거 같은데 유튜브의 세계에서 어떻게 빠져나오게 할 수 있을까?

이를 어쩌면 좋을까…….

철들지
말자

철이 든다는 건 어떤 기준으로 말할 수 있는 걸까? '어떤 생각을 할 때 좀 더 깊이 생각하거나 혹은 그러지 않는 게 기준일까? 나도 생각이 굉장히 많은 편이라서 계획을 세우거나 무슨 일이 내게 닥쳤을 때 오랜 시간을 두고 고민하는 편이다. 하지만 조금씩 나이를 먹으면서 그런 시간이 아깝다고 느껴질 때가 많았다. 결국엔 처음 생각하고 결정한 것을 선택할 때가 많았으니까.

나는 철이 들고 싶지 않다. 특히 우리 가족과 함께할 때는 말이다. 결혼 초기에는 가만히 있어도 온갖 생각들이 떠올랐기에 이수 엄마가 무엇을 하고 싶다거나 어딜 가자고 했을 때, 여러 가지 우리 상황들에 대해서 고민하다가 결국엔 안 한 경우가 많았다. 하고 싶었지만 현실적인 벽이 항상 나를 가로막고 있었다.

하지만 이제는 이수도 의사 표현을 하면서 이수가 원하는 어떤 것을 얘기하거나 이수 엄마가 무언가

를 하고 싶다고 했을 때 고민 없이 저질러버린다. 그게 나중에 생각해봤을 때 후회 없고 더 행복한 선택이었다고 생각한다. 이런 마음이 언제까지 갈지는 또 알 수 없겠지만 그건 나중에 생각하기로 했다.

2018. 08. 08

지금은 내가 우리 가족을 위해
하고 싶은 대로 생각 없이,
철없이 살고 싶다.

너와 나의
연결고리

보통 이수는 엄마를 닮았다는 말을 많이 듣는다. 나도 인정한다. 그래서 누군가 "이수가 아빠를 많이 닮았어요."라는 말을 하면 도리어 내가 이수 엄마 사진을 보여주면서 "엄마랑 판박이예요."라고 말하곤 했다. 어느 날, 문득 진짜 나를 닮은 점이 하나도 없나 궁금해졌다. 그래서 꼼꼼히 이수의 얼굴을 살펴봤지만 정말 없었다. 너무나도 엄마와 닮았다. 특히 인디언 보조개는 마치 이수 엄마와 이수의 연결고리처럼 서로를 생각나게 만든다.

어딜 가나 이수가 엄마 닮았다는 말을 듣다 보니 이제는 조금 서운해지기 시작했다. 왜 내 딸인데 나를 닮은 구석은 없는 걸까. 나는 이수에게 물어봤다. "이수야, 이수는 아빠랑 어디가 비슷해?"

이수가 답했다. "똥꼬!" 당시 이수는 똥꼬라는 말을 많이 해서 대충 대답한 거라 생각했다. 이수에게 다시 물었다. "진지하게 대답해줘, 이수야. 아빠랑 이수

는 어디가 비슷할까요?” 다시 이수가 답했다. “똥꼬!”

그렇게 몇 번을 물어보고야 나는 깨달았다. 이수
는 그저 내가 아빠라는 것을 순수하게 받아들이고 있
다는 것을. 서로 닮았다는 게 중요한 게 아니라고. 이수
가 내 딸이라는 것과 나는 이수의 아빠라는 것을 순수
하게 받아들이면 그것만으로도 충분하다고.

**이수야, 우리는 똥꼬가 닮은
아빠와 딸이야.**

오늘도

함께하는 중입니다.

평범한
가족

군대에서 스무 살부터 스물다섯 살까지 4년 4개월이라는 시간을 보냈다. 그 긴 시간 동안 느낀 점이 있다. 군대를 다녀온 남자들은 소위 "중간만 가자."라는 말을 많이 듣는다. 나는 그 말이 가장 어렵다는 걸 잘 알고 있다. 넘쳐서도 안 되고 부족해서도 안 되는 애매한 기준이기에. 애매한 게 더 어렵기 때문이다. 그런데 그 말이 인생에도 적용되는 부분이 많다는 걸 느꼈다.

나는 우리 가족이 그냥 평범한 가족이 됐으면 한다. 여기서 내가 말하는 평범함이란 감정의 측면에서 모든 희로애락이 포함된다. 때로는 화내고 싸우고 이수를 혼내기도 하며 함께 기쁘기도 슬프기도 했으면…….

살아가면서 무조건적인 행복을 바라는 건 억지일 수도 있다는 걸 안다. 오히려 더 피곤해질 수 있다는 생각을 많이 했다. 그래서 나는 무조건적인 행복만을

바라지는 않는다. 어떤 상황이든 절대 서로를 버리지
않고 끊어지지 않는다는 것을 굳게 믿었으면 한다.

우리 가족이 평범하게 사는 것이
내 목표다.

2018 . 10 . 08

둘째
계획

우리 부부는 서로에게 비밀이 없다. 나만 그렇게 생각하는 걸 수도, 뭐 어쨌든 무슨 일이 됐건 서로에게 고민을 말하고 해결하는 편이다.

요즘은 가끔 '이수에게 동생이 있으면 어떨까'라는 얘기를 주고받는다. 나는 항상 우리에게 여유가 됐을 때 혹은 이수가 동생 기저귀라도 갈아줄 수 있는 나이가 됐을 때가 적합한 시기라고 생각했다.

그런데 이수 엄마의 생각은 달랐다. 굳이 계획을 세워서 둘째를 가질 필요는 없다는 게 이수 엄마의 입장이었다. 사실 생각해보면 이수 엄마 말이 맞다. 계획을 세워서 아기를 가진다는 것은 어떻게 보면 아기에게 미안한 일이다. 하지만 현실적으로 생각해보면 그렇지 않은가. 어느 정도 시간이나 금전적인 여유가 됐을 때, 둘째를 갖는 적절한 시기라는 생각이 들었다.

그리고 이수는 질투가 많은 아이다. 이수 엄마가 교회에서 유아부 선생님을 맡고 있는데 다른 아기를 안고 있으면 쪼르르 달려와서 본인을 안아달라고 조른다. 다른 아이와 놀고 있어도 마찬가지. 그런 이수를 보고 있으면 동생이 생겼을 때 너무 힘들 것 같다는 생각이 들기도 한다.

그래도 가끔 TV 예능프로그램에 아빠와 아들 혹은 둘째, 셋째까지 있는 가족이 나올 때면 당장이라도 이수 동생을 만들어 대가족을 만들고 싶다는 생각이 드는 건 어쩔 수 없다.

산타
할아버지

벌써 이수에게 산타 할아버지 이벤트를 해준 게 햇수로 3년째. 나도 어렸을 때 산타 할아버지를 믿었던 것처럼 이수 역시 산타 할아버지의 존재를 철썩같이 믿고 있다. 이수가 너무 울면 "산타 할아버지가 우는 아이는 선물 안 주신대." 같은 말을 해서 울음을 금방 그치게 하고 밥을 잘 먹거나 예쁜 일을 했을 땐 "산타 할아버지가 선물 주시겠다!"와 같은 칭찬을 해준다.

오늘도 어김없이 산타 할아버지 분장을 하고 이수에게 선물을 건넸다. 매년 느끼는 거지만 이수는 절대 눈치채지 못하고 있다. 본인 앞에 있는 산타 할아버지가 사실 아빠라는 것을…… 정말이다. 나는 어릴 때 어떻게 산타 할아버지는 없다는 것을 알았을까? 잘 기억나지 않는다. 하지만 기억을 더듬어보면 어릴 때 산타 할아버지의 존재를 믿고 있었던 그때가 무척이나 행복했다. 그런 감정을 알기에 이수가 최대한 늦게 알아줬으면 좋겠다.

2018. 12. 25

이수의 환상을 깨지 않기 위해
매년 더 열심히 분장하고 연기해야겠다.

칭찬
스티커

칭찬 스티커는 대체 누가 만들었을까? 이수에게 칭찬 스티커 시스템을 도입하고 나서 우리에게 정말 신세계가 펼쳐졌다. 우리는 이 시스템을 도입하기 전, 이수에게 설명했다. "칭찬 스티커 50개를 다 모으면 이수가 원하는 선물을 사줄게."

그 후로 이수는 신기하게도 우리가 원하는 대로 다 해줬다. 물론 칭찬 스티커를 1개씩 붙이는 조건으로. 우선 가장 해결이 안 됐던 화장실 가기! 이수는 쉬가 마려운데도 화장실에 가지 않고 무조건 버티는 아이였다. 이제는 "칭찬 스티커 1개다?" 말 한마디에 알아서 화장실에 간다. 말 그대로 놀랄 노자다. 그리고 더이상 밥 먹을 때 유튜브를 안 보고 옷 갈아입기를 싫어하던 아이가 혼자서 옷을 입으려고 노력한다. 칭찬 스티커 1개면 뭐든지 해결할 수 있다. 칭찬 스티커가 부리는 마법에 하루가 멀게 놀라는 일상이다.

2019. 01. 11

누군지는 모르지만 칭찬 스티커를
처음 만드신 분에게 진심으로 감사드린다.

아빠,
가지 마

이수는 사랑을 가득 품은 아이다. 우리는 아이들에게 간혹 선택을 요구할 때가 있다. 가장 기본적인 것은 '아빠가 좋아? 엄마가 좋아?' 누구나 어렸을 때 한 번쯤 들어봤을 질문이다. 나 역시 이수에게 이 질문을 많이 했다. 그때마다 이수의 대답은 한결같았다.

"아빠, 엄마 다 좋아!"

사랑을 가득 품어서일까. 이수의 행동이 가끔 집착처럼 보일 때가 있다. 저녁마다 연습실에 연기 연습을 하러 갈 때를 예로 들 수 있다. 언제부턴가 이수가 신발장에서 나를 붙잡기 시작한 것이다. 그래서 이수가 잠들고 밤늦게 나가야만 했다. 이수가 평소보다 늦게 자는 날엔 자기 전에 나가야 하는 경우가 있는데 이럴 때마다 현관에서 20분 이상을 이수와 작은 실랑이를 벌여야만 했다.

2019. 02. 20

"아빠, 나도 같이 가. 아빠가 좋아."

이수가 이렇게 말하면서 달라붙으면 정말 못 가겠다. 그냥 가버리려고 하면 이수는 자기 신발은 작아서 혼자 신기 힘드니까 급하게 엄마 신발을 신고 따라 나온다. 이제 문도 혼자 열 줄 알아서 더 이상 막을 방법도 없다. 그렇게 또 엘리베이터 앞에서 한참 실랑이를 벌인다.

2019. 02. 20

사랑과 집착은 밀접하게 연관돼 있다고 생각한다.
잘못된 집착도 있지만 반대로 이수의 집착은
매우 행복한 집착이다.

아빠한테 집착해줘서 고마워, 이수야!

이수 엄마의 꿈은
핫 셀럽

모델 이혜주이자 이수 엄마의 어릴 적 꿈은 아이돌이었다고 한다. 아이돌을 못한 이유가 춤은 잘 추지만 노래를 못해서라고 한다. 집에서 이수에게 동요를 불러줄 때면 '아, 못할만하구나'라는 생각이 든다. 어느 날, 결혼하고 한 아이의 엄마로 살아가고 있는 이수 엄마에게 이런 질문을 했던 적이 있다. "여보, 여보는 꿈이 뭐야?"

이수 엄마는 "나는 꿈이 없어. 그냥 지금처럼 살고 싶어."라고 답했다. 나는 이수 엄마에게 꿈을 갖고 싶게 해주고 싶었다. 뉴스 기사를 보면 요즘 학생들에게 꿈을 물어봤을 때 대답을 못 하는 친구들이 많다고 한다. 나는 어렸을 때부터 배우가 꿈이었고 꿈이 있다는 것과 없다는 것의 차이가 얼마나 큰지 잘 안다. 그래서 더욱 이수 엄마가 꿈을 갖기를 바랐다.

우리는 직업 특성상 촬영이 없으면 서로에게 투자할 수 있는 시간이 많았다. 그래서 틈날 때마다 예쁜 곳에 가서 사진을 찍었다. 그렇게 찍은 예쁜 사진들을 개인 계정에 공유하다보니 어느새 이수 엄마는 SNS에서 굉장히 유명해졌다. 그리고 자기가 무엇을 했을 때 행복한지를 깨달았다. 드디어 이수 엄마에게도 꿈이 생긴 것이다. 이수 엄마의 꿈은 여러 가지 단어로 부를 수 있다. 파워 인플루언서, 파워 인스타그래머 등등. 이제는 꿈을 물어보면 이수 엄마는 이렇게 대답한다.

2019. 03. 08

"나는 핫 셀럽이 될 거야!"

주머니에 넣어 다니고
싶은 내 딸

언제나 주머니 속에 이수를 넣어 다니고 싶다. 이수가 사랑스럽고 귀여워서가 아니다. (물론 이수는 사랑스럽고 귀엽다.) 나는 평소에 혼자 일하러 가거나 다른 곳에 가게 됐을 때 조금 의기소침해진다. 물론 카메라 앞에서는 자신감 있지만 다른 사람과의 관계에 있어서 내성적인 면이 드러난다.

상대방에게 과하게 예의 바른 행동을 한다. 깊게 생각해보니 군대의 영향을 크게 받은 것 같다. 군대에서 무려 4년 동안 부사관으로 지내면서 예의가 몸에 깊숙이 박혀버린 느낌이랄까. 아무튼 나는 혼자 있을 때 그렇다.

그런데 이수와 함께할 때는 180도 변한다. 나도 모르게 자신감 있게 행동하고 말한다. 참 신기하다. 내 딸 이수의 존재가 나에게 이런 힘을 가져다주다니…….

나는 이수를 항상 주머니에
넣어 다니고 싶다.

사소하고도
사소한

어느새 훌쩍 커버린 이수를 보면서 정말 빛의 속도 같다고 느꼈다. 분명히 엊그제 기어 다니고 있었는데 이제는 킥보드를 탄다. 분명히 엊그제 옹알이를 하고 있었는데 이제는 내게 말대꾸를 하고 있다. 밥도 혼자 못 먹던 아기가 알아서 젓가락질을 하고 혼자 책도 못 꺼내던 아이가 책을 읽는다. 사실 내 아이가 이렇게 크는 게 마냥 좋지만은 않다. 모든 부모가 그러지 않을까? 요즘엔 잠깐 이수가 걷지 못하는 시절로 돌아가 하루만 돌보고 싶다는 생각도 해본다. 그만큼 옛날의 이수가 그립고 보고 싶다. 나에게 이런 상상조차 '사소한' 행복이다.

내 인생은 생각해보면 정말 사소한 것들로 가득차 있다. 사소한 일로 화를 내고 사소한 일로 웃을 때도 많다. 나는 왜 그렇게 사소한 것들에 집착하는 걸까? 다른 말로 바꾸면 내가 굉장히 예민하다는 말로 표현할 수도 있다.

내가 이수 엄마와 다퉜던 일들을 되돌아보면 굉장히 사소한 부분 때문이라는 걸 알 수 있다. 싸우는 이유 중 가장 많은 범위를 차지하는 것은 대화할 때. 이수 엄마는 한 번에 두 가지 일을 잘 못 한다. 예를 들어 휴대폰을 보면서 대화를 못하는 것처럼. 그래서 서로 대화하다가 내가 받고 다시 던진 말이 다시 안 돌아오는 경우가 많다. 이수 엄마에게 말하다가 끊기는 걸 조금 신경 써달라고 자주 말했지만 여전히 잘 고쳐지지 않는다. 지금까지도 나는 이러한 사소한 부분 때문에 이수 엄마와 자주 싸운다.

2019. 04. 06

정말 사소하고도 사소하다.

우리 집
스타일리스트

모델이면 당연히 옷을 잘 입을 거라 생각하겠지만 절대 아니다. 특히 내가 그렇다. 나는 옷에 관심이 있어서 모델이 된 사람도 아니었고 지금도 옷을 코디하고 쇼핑하는 일은 귀찮기만 하다.

나와는 다르게 이수 엄마는 쇼핑몰도 운영했을 만큼 옷을 정말 좋아하는 사람이다. 그래서 나는 항상 이렇게 말하곤 한다. 우리 집 스타일리스트는 이수 엄마라고. 그래서일까. 우리 가족이 외출하는 날이면 이수 엄마는 분주하게 움직인다.

이수 엄마는 이수 옷과 내 옷을 코디하고 나서야 본인 옷을 코디한다. 또 성격이 대충 입고 나가는 성격이 아니라서 옷을 고를 때 신중하게, 그만큼 오래 걸린다. 그에 반해 나는 매우 편하다. 이수 엄마가 입혀주는 데로 입으면 되니까. 흠흠, 오늘은 이 자리를 빌려 이수 엄마에게 감사 인사를 하고 싶다.

항상 우리 가족 패션을 책임지는 스타일리스트
이수 엄마, 다음에도 멋지게 입혀주세요.

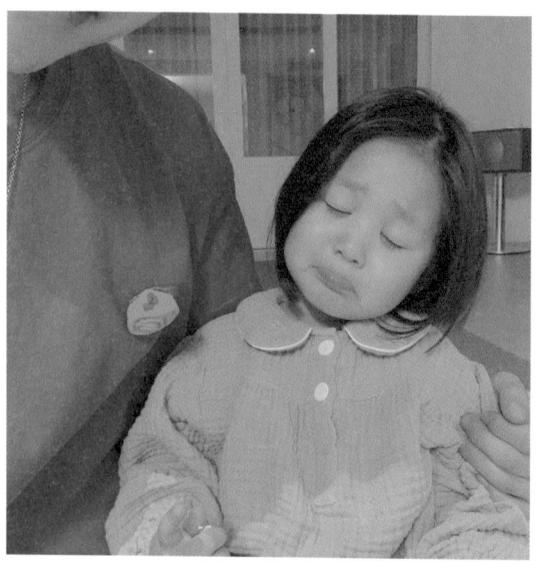

고사리손

　오늘 이수가 평생 간직하고만 싶은 카네이션을 가슴에 달아줬다. 작년에도 똑같이 어린이집에서 카네이션을 만들어왔지만 너무 어린 탓에 직접 달아주지는 못했다.

　이번에는 이수가 직접 왼쪽 가슴에 고사리손으로 열심히 달아주는 게 아닌가. 그 조그마한 손으로 색종이를 고이 접어 만들었을 생각을 하니 괜스레 눈물이 핑 돌았다.

　지금까지 잘 자라준
　이수에게 감사한 하루!

2019.05.08

바람
이불

이수는 하루를 마무리하고 침대에 들어가 잠이 들기 전에 항상 노래를 듣는다. 바로 만화 '타요'에서 나온 <잘자라 우리 아가>라는 노래. 그 노래는 이렇게 시작된다. "우리 아가야, 잘 자라~ 바람이 불며 자장자장~"

그런데 오늘 이수가 가만히 노래를 듣다가 "나는 바람 이불 덮고 잘 거야."라고 말했다. 우리는 갑자기 무슨 말인가 해서 바람 이불이 뭐냐고 이수에게 물었다. 그러자 이수는 노래 속에서 바람 이불을 덮고 잔다는 게 아닌가. 이수에게 이불을 덮어주면서 곰곰이 생각해보니 가사 중에 '바람이 불며' 구간을 바람 이불로 착각하고 이수가 그렇게 말한 것이다. 그렇게 해답을 찾고 자고 있는 이수의 얼굴을 바라보니 너무나도 사랑스러웠다. 그래서 쌔근쌔근 잠이 든 이수의 볼에 진하게 뽀뽀해줬다.

그렇게 우리 가족은 그날,
다 같이 바람 이불을 덮고 잠들었다.

아빠랑
이수랑

요즘 '월화수목금'이 어떻게 지나가는지 모를 정도로 바쁜 하루하루를 보내고 있다. 바빠서 좋지만 한편으로 이수에게 온전한 관심을 주지 못해 항상 고민이었다. 그래서 이번에 야심찬 계획을 세웠다. 이수랑 아빠랑 단둘이 여행 가기! 당일치기지만 엄마 없는 여행을 해보고 싶었다. 아, 이번 여행에 나의 숨은 의도들도 함께 했다.

첫 번째, 항상 아빠보다 엄마를 먼저 찾는 이수에서 엄마보다 아빠를 찾는 이수로 만들고 싶은 나의 마음. 두 번째, 피곤한 이수 엄마에게 휴식을 주기 위한 나의 마음. 마지막, 이수 엄마에게 휴식 한 번 주고 나 역시 언젠가 휴식을 얻기 위한 마음. 나의 깊고도 알찬 야심이 든 여행 계획이었다.

토요일 이른 아침, 이수와 나는 서울 근교의 양평 두물머리로 여행을 떠났다. 아빠랑 이수랑 단둘이 가는 첫 번째 여행지였다. 두물머리에서 이수와 함께 걷

2019. 06. 01

고 뛰고 서로 사진도 찍어주며 즐거운 시간을 보내고
늦은 저녁에 집으로 돌아왔다.

나의 숨은 의도 중 제일 우선시 했던 첫 번째 의도
는 현관문 앞에서 바로 실패했다. 이수는 집에 도착하
자마자 엄마에게 달려간 것이다. 나는 그렇게 멀뚱히
혼자 남겨졌다……

다음에는 이수의 마음을 확 사로잡을 수 있는
더 멋진 곳에 데려가야겠다. 물론 엄마 없이.

2019. 06. 01

매일 행복하진
않다

"어쩜 그렇게 행복하게 살아요?" 우리 가족이 자주 받는 질문이다. 물론 사람들이 그렇게 묻는 이유는 우리를 SNS라는 창을 통해서만 접하기 때문이라 생각한다. 슬플 때 굳이 사진을 찍어서 올리진 않으니까⋯⋯

오늘도 사소한 일로 아내와 싸웠다. 이수를 어린이집에 보내고 오랜만에 아내와 데이트 준비 중에 일이 터진 것이다. 내가 "빨리 좀 준비해."라고 말한 게 화근이었다. 서로 좋은 시간을 보내고 싶었는데 결국 계획했던 데이트는 물거품이 됐다. 우리는 하루 종일 한마디도 안 하다가 이수가 하원을 한 후에야 아내에게 미안하다고 말했다. 이렇듯 우리도 주변에서 흔히 볼 수 있는 그런 부부 사이다.

결혼생활을 하면서 항상 느끼지만 매일 행복하기만 하다면 그건 진짜 행복이 아니라고 생각한다. 때로는 싸우기도 하고 울기도 해야 기쁠 때의 감정이 배가 되지 않을까?

우리의
오늘

우리의 아침은 매일 똑같다. 이수가 먼저 일어나 엄마를 깨우고 엄마가 나를 깨운다. 그렇게 일어나자마자 나는 주섬주섬 이수의 파란색 어린이집 가방을 싼다. 어젯밤에 깨끗이 씻어놓은 식판과 수저, 물통을 넣고 간식과 우유를 챙겨 넣으면 끝. 그동안 이수 엄마는 이수를 씻기고 오늘도 예쁜 이수의 하루를 위해 옷을 코디하고 머리를 만진다. 그러다 보면 어느새 이수의 등원 시간이 되고 이수는 어린이집 차를 타고 떠난다. 그렇게 우리의 오늘이 내일로 가기 위한 준비를 마친다.

매일 오늘처럼 행복한 아침을 맞이하고 싶다. 누군가가 나를 깨워준다는 것, 내가 누군가를 위해 할 수 있는 일이 있다는 것. 또한 누군가를 기다릴 수 있다는 것.

2019. 06. 21

매일 나와 나의 아내,
이수와 함께 느끼고 싶은, 그런 행복.

비
하
인
드

혼자였을 땐 몰랐던,
사소한 행복

우리의
오늘

초판 1쇄 발행	2019년 10월 10일
지은이	최민수
편집	조유안
디자인	린지
펴낸이	김상현, 김기용
인쇄 제본	창원문화사
펴낸 곳	필름(Feelm) 출판사
주소	서울시 마포구 서교동 447-9, 2층
전화	070 8810 6304
팩스	070 7614 8226
이메일	office@feelmgroup.com
등록번호	제 2019-000086호
등록일자	2016년 6월 13일
ISBN	979-11-88469-40-6

이 도서의 국립중앙도서관 출판예정도서목록(CIP)은 서지정보유통지원
시스템 홈페이지(http://seoji.nl.go.kr)와 국가자료종합목록 구축시스템
(http://kolis-net.nl.go.kr)에서 이용하실 수 있습니다.
(CIP제어번호 : CIP2019033065)

필름